草枕

くさまくら

夏目漱石

劉子倩 譯

目次

草枕[1]

一

走在山路上，我在想。

過於理智會與人起衝突。感情用事則無法控制自我。堅持己見易鑽牛角尖。總之人世難以安居。

難以安居到了某種程度，就想搬去容易居住的地方。醒悟無論搬去何處都不易生存時，便產生了詩詞，出現了繪畫。

創造人世的不是神也不是鬼。是同樣在鄰里之間四處走動的普通人。普通人創造的人世難以安居，卻也沒有別處可搬遷。如果真有也只能去非人之地。非人之地恐怕比人世更難安居。

難以安居的人世既然無法遷離，則無論多麼難以安居，都得秉持寬容，讓短暫的生命在短暫的歲月過得更好。於是出現了詩人這種天職，降臨了畫家這種使命。各種藝術家令人世安詳和諧，豐富人們的心靈，因此顯得可貴。

從難以安居的人世，抽離無法安居的煩擾，在眼前摹寫美好世界的是詩詞，是繪畫。也有時是音樂與雕刻。進一步來說，不摹寫也無所謂。只要近距離觀察，便會產生詩詞，湧現歌賦。縱使未將構思寫在紙上，內心也會產生琳瑯鏗鏘的美音。即使不對著畫架揮灑丹青，自有五彩絢爛映現心眼。只要如此觀察世間，將人情澆薄的濁世清新亮麗地收入靈台方寸的相機之中便已足夠。因此即便無聲的詩人沒有詩句，無色的畫家沒有畫布，在觀照人世，解脫煩惱，得以出入清淨世界，建立唯一絕對的乾坤天地，掃蕩自我私欲羈絆的這些方方面面——遠比千金之子、萬乘之君乃至各種俗世的寵兒更幸福。

在人世生活二十年，方知是值得定居的世間。生活二十五年後，才醒悟明暗一如表裡，有光之處必有影。到了三十歲的今天，我是這麼想的。——喜悅深時愁亦深，歡樂多則苦亦多。如果斷然割捨則個體無法生存。若要徹底劃清界線則世界無

1 草枕，本意是行旅在外，結草為枕。因此引申為旅途本身或旅途中的僻靜落腳處。

法成立。金錢固然重要，但重要的東西日漸增多，恐怕睡覺都不安心。戀愛令人喜悅，然喜悅的戀愛經驗太多，或許反而會懷念沒談過戀愛的往昔。貴為內閣大臣者肩扛數百萬人生計，背負沉重的家國天下。美食不吃可惜。只吃一點不夠飽。吃撐了又不舒服……。

浮想至此，我的右腳突然踩到不穩的方形石頭邊緣一腳踩空。為了保持平衡往前衝出的左腳力挽狂瀾的同時，整個人也正好跌坐在一公尺見方的岩石上。幸好只有掛在肩上的畫具箱從腋下彈出來，人倒是毫髮無傷。

起身時往對面一看，道路左邊聳立宛如倒扣水桶的山峰。不知是杉樹還是檜樹簇擁著整座山一片蒼黑，其中又有淺粉色的山櫻花層層拖曳，霧濛濛的看不清分界線。略前方有一座禿山，離群獨立迫近眉睫。光禿禿的側面彷彿被巨人的斧頭削去，尖銳的平面延伸至谷底。山頂那唯一的一棵樹大概是赤松。連枝幹之間的天空也清晰可見。前方大約二百多公尺之外就沒路了，但是看紅毯[2]自高處移動而來，如果走上去應該會抵達那裡。山路崎嶇難行。

地面只是把泥土推平沒怎麼費事整理，但土裡有大石頭。就算把土推平，石頭也推不平。就算可以把石頭鑿碎，岩塊也無法解決。它在挖開的土上悠然對峙，絲毫沒有為我們讓路的跡象。既然對方不肯讓路，那就只能翻越過去或是繞路。但就連沒有岩石的地方也不好走。路面兩端高起，中心凹陷，簡直堪稱把不足兩公尺寬的地方挖成三角形，頂點貫穿中央。不像走路毋寧說是跋涉河底。我這趟旅行本就不急著趕路，索性悠悠晃晃走向那迂迴曲折的七曲路。

腳下頓時響起雲雀啁啾。我俯瞰山谷，雲雀不知在哪兒鳴叫，壓根不見蹤影。唯有聲音清越傳來。聲音匆促，不絕於耳。方圓數里的空氣彷彿被跳蚤叮咬令人坐立難安。鳥鳴沒有片刻停頓，似要啼盡悠長的春光，從日出，至日暮，非得終日叫個不休才甘心。而且聲音一路向上攀升，直上雲霄。雲雀肯定會在雲中死去。飛到最後，或許牠會順勢進入雲中，就此飄飄蕩蕩消失無形，只剩啼聲縈繞天空深處。

2 指裹著紅毯當披肩的行人。

岩角尖銳地轉折，若是盲人此刻恐怕已倒栽蔥掉下去，我驚險地閃到右側，從旁探頭向下望，只見下方是整片油菜花田。我在想，雲雀是否會墜落那裡。不，應該會從那金色草原飛起吧。接著又想，墜落的雲雀與飛起的雲雀會呈十字型交錯[3]嗎？最後我想，無論是墜落時，飛起時，乃至十字型交錯而過時，雲雀大概都會精神抖擻叫個不停。

漫漫春日正好眠。貓忘記捕鼠，人也忘記債務。有時甚至忘記自己的靈魂所在，失了正形。唯有遠眺油菜花時格外清醒。唯有聽到雲雀叫聲時靈魂格外明晰。雲雀啼叫不是用嘴巴，是用全副心魂啼叫。在所有透過聲音展現靈魂的活動中，雲雀的聲音最有活力。啊，真愉快。會這麼想，會如此愉快，就已是詩。

我頓時想起雪萊歌詠雲雀的詩[4]，在口中試著念誦還記得的段落。但我只記得兩三句。那兩三句是這樣的。

We look before and after,

And pine for what is not;

Our sincerest laughter,

With some pain is fraught;

Our sweetest songs are those that tell of saddest thought.

「我們瞻前顧後，渴求虛無憧憬。雖是衷心的笑，卻也蘊含痛苦。在最美妙的歌曲中，傾訴最悲傷的思緒。」

的確，縱然詩人如何幸福，也不可能像雲雀一樣用盡全力，一心不亂，忘卻其他，盡情歌詠自己的喜悅。西洋詩自不待言，中國詩也經常出現「萬斛愁」這種字眼。因為是詩人所以才有萬斛，若是普通人或許一合[5]足矣。如此看來詩人比普

---

3 向井去來（1651-1704），寫過「雲雀婉轉十字飛」這麼一句詩。

4 雪萊（Percy Bysshe Shelley，1792-1822），英國浪漫主義的代表詩人。〈致雲雀〉這首詩是雪萊的代表作。文中詩句摘自二十一章第十八節，詩人歌頌雲雀的自由奔放，藉以對照地上人們的宿命。

5 一斛約一八〇公升。一合約〇．一八公升。

通人更勞碌命，神經或許比凡夫俗子加倍敏銳。或也有超凡的喜悅，但想必亦有無量的悲愁。如此看來要當詩人也值得商榷。

走了一會，路面變得平坦，右邊是滿山雜樹，左邊是成片油菜花田。腳下不時踩到蒲公英。鋸齒形的葉片肆無忌憚朝四方伸展，擁護中央的黃色花球。我的注意力都放在油菜花上，不慎踩到蒲公英後，感到很抱歉，扭頭一看，黃色花球依然坐鎮在鋸齒之中。還真瀟灑。我又繼續思考。

或許詩人總有憂愁伴隨，但只要有心聆聽雲雀啁啾，便絲毫不覺痛苦。即便只是看看油菜花，也只有滿心喜悅。蒲公英亦然，櫻花也——櫻花不知幾時已無影無蹤。如此來到山中接觸自然景物，所見所聞皆有意趣。正因有趣所以不覺辛苦。即便會覺得辛苦頂多也只有兩腳痠痛，以及吃不到美食而已吧。

然則為何不覺辛苦？因為只把這景色當作一幅畫觀賞，當作一卷詩閱讀。既然是詩是畫，自然不會想買塊地來開墾，也不打算鋪設鐵路藉此大撈一筆。只有這片景色——這片無法果腹也無法貼補月薪的景色，唯有作為風景才能令我心曠神怡，所以沒有伴隨辛苦與煩惱吧。大自然的力量此時顯得無比尊貴。瞬間陶冶吾人性情，令人陶然進入醇美詩境的，正是大自然。

愛情想必美好，孝心想必感人，忠君愛國想必也是好事。但自己如果成為局中人被捲入利害得失的旋風，就算那是美事，是好事，恐怕也會頭暈目眩。因此，身在局中的自己並不明白何處有詩。

要明白這個，就得站在有餘裕去理解的第三者立場。唯有站在第三者的旁觀立場，看戲才會有趣，看小說才會有趣。看戲看得津津有味的人，看小說看得津津有味的人，會把自己的利害得失拋諸腦後。唯有在看戲讀書時是詩人。

即便如此，一般戲劇與小說也脫離不了人情義理。有痛苦，有氣憤，有吵鬧，有哭泣。觀者也在不知不覺中被同化，跟著一起痛苦，氣憤，吵鬧，哭泣。或許有不摻雜利欲這個優點，但正因沒有摻雜利欲，其他的情緒恐怕會比正常情況下更活躍。那非我所願。

痛苦、氣憤、吵鬧、哭泣是人生在世必然伴隨的產物。我也那樣過了三十年，早已厭倦。厭倦之下若還得被戲劇與小說重複同樣的刺激可就糟了。我想要的不是那種會刺激世俗人情的詩。是放下俗念，哪怕只是片刻，也能使人遠離紅塵的詩。即便在傑作當中，恐怕也找不到完全脫離人情的戲劇，斷絕是非的小說。無法脫離世間正是他們的特色。尤其是西洋詩，人情義理就是根本，饒是所謂的純粹詩歌也不可能超脫這個境界。永遠只是用同情或愛情啦正義啦還有自由這類俗世商店陳列的產物來處理。即使充滿詩意也得在地面奔走，沒有片刻忘記計算金錢。也難怪雪萊聽到雲雀啼叫會嘆息。

可喜的是，東方的詩擺脫了那個問題。「採菊東籬下，悠然見南山。」這麼短短幾個字便描寫出令人全然忘懷苦悶俗世的情景。籬笆那頭沒有鄰家女孩的倩影若隱若現，也沒有好友任職南山。彷彿可以超然脫俗地流走利害得失的汗水。「獨坐幽篁裡，彈琴復長嘯，深林人不知，明月來相照。」短短二十字便輕易建立另一個乾坤天地。這個乾坤天地的功德不是《不如歸》[6]或《金色夜叉》[7]的功德。是當你被舟車勞頓、權利、義務、道德、禮義搞得身心俱疲之後，可以讓你忘卻一切安然入睡的功德。

倘若二十世紀需要安眠，則這種脫俗的詩意在二十世紀相當重要。可惜如今寫詩的人和讀詩的人都一味崇洋，好像無人刻意駕著一葉扁舟追尋這個世外桃源。我本來就不是以詩人為業，所以並不打算在當今社會推廣王維與陶淵明的境界。我只是覺得，這種感性比戲劇表演或舞會更有療效，比浮士德或哈姆雷特更可貴。所以此刻我才會這樣獨自扛著畫具箱和小折疊椅緩緩走過春日山徑。我想直接從大自然吸收陶淵明與王維的詩境，只盼能在非人情[8]的天地逍遙片刻。這也是一種痴狂。

當然，身為人類的一分子，饒是再怎麼喜歡非人情的境界，也不可能持續太久。陶淵明不可能一年到頭都在凝視南山，王維想必也不是喜歡在竹林中不掛蚊帳睡覺的男人。多餘的菊花恐怕還是會賣給花販，長出的筍子也會轉售給菜販。我自

6《不如歸》，德富蘆花的小說，描寫家庭糾葛。一八九八年開始於報紙連載，風靡一時。

7《金色夜叉》，尾崎紅葉的小說，描寫愛欲與金錢的貪欲。一八九七～一九〇二年於報紙連載，為明治時代的暢銷名作。

8 非人情是指超越世俗人情與道德的美的境界。這是當時漱石理想中的藝術觀，具體化的成果就是本書。

己亦復如此。再怎麼喜歡雲雀與油菜花，也沒有非人情到露宿深山的地步。況且即便在這荒郊野外，也不是真的毫無人煙。沿路還是會遇到把衣襬撩起土氣地掖在腰間包裹頭巾的人，穿紅襯裙的鄉野村婦，有時甚至會遇上臉孔比人還長的馬。即使被百萬棵檜樹環繞，呼吸海拔幾百公尺的空氣，也難以消除那股人味兒。不僅如此，越過山嶺下山後，今晚的落腳之處就是那古井的溫泉旅館[9]。

不過，事情全看你怎麼想。據說達文西曾告訴弟子，不妨傾聽那鐘聲，雖只是一口鐘，鐘聲卻隨個人心境聽來各有不同。我們對於一個男人，一個女人，也會隨著看待的角度不同而有不同判斷。反正我這趟出門是非人情之旅，抱著那種心態去看人，想必會與平日蝸居塵世小巷的陋室時截然不同。好吧，就算無法完全脫離人情，至少觀賞能樂時應可保持淡泊心態。其實能樂亦有人情義理。無論是《七騎落》[10]或《墨田川》[11]的戲碼，都無法保證看了不會哭。但那是所謂「三分情七分戲」的成果。我們從能樂享受到的感動，並非因世俗人情原封不動搬上舞台而來。是因為在那原封不動之上裹上層層藝術的外衣，做出了世間不可能會有的悠長動作。

何不暫時將這旅程中發生的事與旅途中邂逅的人，視為能樂的情節與演員的表演？我們不可能徹底拋棄世俗人情，但這趟旅程在根本上是詩意的，所以在非人情的同時，我也希望順便盡量克制儉約，以求達到那種境界。那當然和南山與幽篁的性質不同，也無法與雲雀、油菜花一概而論，但我想盡量接近原點，盡可能以同樣的觀點去看待他人。芭蕉這位仁兄就連馬在枕畔撒尿都可視為風雅之事詠出俳句。今後我遇到的人物——農民、市井平民、村公所的書記、老先生老太太——就假定為點綴大自然這幅畫的景物來處理吧。不過和畫中人物不同的是，他們想必各有各的做法。但是倘若像普通小說家一樣探究他們那些做法的根源，深入到心理作用去議論人事糾葛未免流於世俗。他們動來動去也沒關係。只要當成是畫中人在動就無

9 虛擬地名，漱石以他曾遊覽過的熊本縣玉名郡天水町的小天溫泉為藍本。
10《七騎落》，作者不詳的謠曲。描寫土肥次郎實平與兒子遠平的親情。
11《墨田川》，隅田川。觀世元雅創作的謠曲。是母親痛失子女成狂的代表作。

妨。反正畫中人不管怎麼動都不可能跑到平面之外。唯有當他們企圖跳出平面之外發揮立體功效，才會與我們衝突，產生利害交涉造成麻煩。麻煩越大當然越不可能以美的觀點看待。對於今後遇見的人，我要抱著超然俯視的旁觀心態，避免雙方隨意產生人情的交流。這樣的話，縱使對方再怎麼努力也不可能輕易闖入我的心扉，換言之，那和站在畫前旁觀畫中人在畫面上四處叫囂奔走是同樣的道理。只要拉開一兩公尺的距離便可從容觀看。不會看得提心吊膽。換句話說，因為不用擔心利害得失，所以可以站在藝術的角度全力觀察他們的動作，可以心無旁鶩地鑑賞美醜良窳。

當我如此下定決心時，天空開始陰霾。才剛看見欲走還留的烏雲籠罩頭上，不知幾時天氣已變壞，四面八方彷彿成了一片雲海，隨即下起綿綿春雨。我早已走過油菜花田，如今走在兩山之間，但雨絲細密如霧，所以不確定間隔多遠。不時有風吹來，吹走高高的雲層時，右手邊可以看見微黑的山脊。似乎隔著一座山谷的彼方就是山脈起伏之處。左邊就是山腳。雨幕深處不時可見貌似松樹之物忽隱忽現。才見它出現，旋即又消失。不知是雨在動，樹在動，還是夢在動，有種不可思議的奇妙心境。

這時路面變得意外寬敞，而且平坦，走起來倒是毫不費勁，但我沒帶雨具只好匆匆趕路。帽子開始滴滴答答垂落雨水時，十幾公尺外傳來馬鈴聲，黑暗中，倏然出現一名馬夫。

「這一帶沒有歇腳的地方嗎？」

「再走一兩公里就有茶屋。您渾身都淋濕了呢。」

還有一兩公里嗎？當我轉過身時，馬夫的身影已如剪影沒入雨中，再次倏然消失。

看似米糠的雨滴逐漸變得又粗又長，如今化為雨絲被風捲起的模樣映入眼簾。我的外套早已溼透，滲入內衣的雨水因體溫顯得溫熱。感覺很不舒服，於是我把帽子往下拉，大步向前走。

無數條銀箭斜劃過的朦朧淡墨色世界之中，只有濕淋淋埋頭向前走的我。若將自己的身影當成他人，便可成詩，也可吟詠俳句。當我徹底忘記真實的自我，純粹以客觀角度看待時，自己這才成為畫中人，與大自然的景物保持美好的和諧。但在下雨下得心煩，只顧著注意雙腳疲憊的瞬間，我已非詩中人，已非畫裡人。我依然只是一介市井小兒。雲煙飛動之趣無法入我眼。落花啼鳥之情無法動我心。更無法理解蕭瑟獨行春山路的我，看起來有多麼美。起初我拉低帽子步行。後來我只是盯著腳背走路。最後我縮頭縮腦，戰戰兢兢地行走。大雨晃動滿目樹梢自四面八方逼迫天涯孤客。非人情好像有點太過了。

二

「喂！」我喊道，但無人回應。

我從簷下探頭朝裡望，只見燻黑的紙拉門遮斷視線。看不見屋內情形。五、六雙草鞋寂寞地吊在屋簷下，百無聊賴地晃來晃去。底下並排放著三個零食盒子，一旁散落五厘銅板與文久錢[12]。

「喂！」我又喊了一聲。門內脫鞋口的角落放著石臼，蹲在上面的圓滾滾的雞被我驚醒，開始咯咯亂叫。屋外的土灶被剛才那場大雨淋濕，已半是變色，上面坐著漆黑的茶壺，但我不知那是陶土茶壺還是銀製茶壺。幸好下面燒著火。

無人回應，於是我自行進門，找了折疊椅坐下。雞拍翅從石臼跳下。這次又跳上榻榻米。如果不把紙門關緊，牠搞不好還想一路逃到裡屋。公雞粗聲喔喔啼，母雞細聲咯咯叫。似乎把我當成了狐狸或狗。另一張折疊椅上閑靜置放著約有一升裝木盒那麼大的菸草盒，裡面盤旋的線香，彷彿不知日影西斜，非常悠長地冒出青煙。雨漸漸停了。

過了一會，裡屋傳來腳步聲，燻黑的紙門倏然開啟。一個老太太從裡面走出。我早就料到遲早會有人出來。爐灶還生著火。零食盒子上散落零錢。線香冉冉

12 文久錢，流通於幕府末期的錢幣，幣值為四文，相當於一・五厘。一厘為千分之一圓。

冒煙。反正一定會有人出來。但是對方任由大門敞著似乎也不以為意，這點倒是和都市略有不同。沒人回應就自行進門坐在折疊椅兀自等候，也是二十世紀難以想像的情景。這些都是非人情且有趣的。而且我很喜歡這位老太太的長相。

兩三年前我在能樂寶生流派的舞台觀賞過《高砂》[13]。當時我覺得那是美麗的活人畫[14]。扛掃帚的老翁沿著懸橋[15]走了五、六步，緩緩轉身向後，與老媼面對面[16]。那種面對面的姿勢歷歷如在眼前。從我的座位幾乎可以正面看見老媼的臉孔，所以當我感到「啊，好美」時，那個表情已倏然按下快門烙印在我心上。茶店阿婆的臉孔就彷彿是將當時那張照片賦予血肉般相似。

「阿婆，借您這裡坐一下。」

「好，真不好意思，我壓根沒發現您。」

「雨下得好大。」

「天氣不好，想必很困擾吧？哎喲，您渾身都濕了。我現在就生火替您烘乾吧。」

「只要給爐子再添點柴火燒旺一點，我就能邊烤火邊烘乾了。一坐下來好像有點冷。」

「好，我現在就去添加柴火。您先喝杯茶。」

她一邊起身，一邊噓了二聲把雞趕走。咕咕叫著跑開的雞夫婦，從焦茶色的榻榻米踩過零食盒子衝向門外路上。公雞逃跑時還在零食上拉了一泡屎。

「請用。」阿婆不知幾時用中央凹陷的托盤端著茶杯出來。褐色的焦黑底層，隨意烙印三朵一筆畫的梅花。

「請吃點心。」這次阿婆端來的是被雞踩過的芝麻麻花和糯米條。我打量了一下有沒有哪裡沾到雞屎，幸好雞屎都留在盒中。

13《高砂》，世阿彌的作品。以高砂的松樹（老嫗）與住吉的松樹（老翁）相伴相生比喻夫妻恩愛與長壽，因此成為婚宴吟唱的祝賀謠曲代表作。

14 活人畫（tableau vivant），打扮成歷史人物，像畫中人物那樣靜止不動。是聚會的餘興節目。

15 懸橋，能劇舞台上，連接舞台與後台供演員通行的走道。因有欄杆形似橋梁故稱為懸橋。

16 漱石的記憶有誤，在《高砂》中，應是扛掃帚的老嫗走在懸橋上轉身，與扛耙子的老翁面對面。

阿婆在背心外綁著細帶子方便做事，蹲在爐灶前。我從懷裡取出寫生簿，一邊速寫阿婆的側臉，一邊朝她搭話。

「這裡挺清幽的真不錯。」

「是啊，如您所見是山裡嘛。」

「有黃鶯叫嗎？」

「有，天天叫。這裡連夏天也會叫。」

「那我倒想聽聽看。聽不見時反而更想聽。」

「今天真不巧——剛才那場大雨讓黃鶯不知躲到哪去了。」

就在這時，爐灶內響起劈哩啪啦的聲音，朱紅的火舌倏然掀起風，伸長三十公分有餘。

「來，暖暖身子。一定很冷吧。」她說。我朝簷角看去，青煙撞上屋簷後變形散開，還有些微痕跡縈繞簷下。

「啊，真舒服，托您的福總算又活過來了。」

「正好雨也停了。您瞧，可以看見天狗岩了。」

山嵐不耐煩地吹過逡巡不定的陰霾春日天空，狠狠掃過前方那座山的一角後，毫不留戀地徹底放晴，在阿婆指的方向，崢嶸聳立如大刀闊斧削成的柱子據說就是天狗岩。

我先眺望天狗岩，接著打量阿婆，第三次則是來回比對二者。身為畫家，浮現在我腦海的老太婆只有《高砂》老嫗，以及蘆雪[17]筆下的老妖婆。當初觀賞蘆雪的畫作時，我感到理想中的老太婆很恐怖，我認為應該將她放在紅葉之中或冷月之下才對。到了觀賞寶生流派的別會能[18]時，我驚訝地發現原來老太婆也能夠有如此溫柔的表情。那個面具八成是名匠雕刻的作品。可惜我忘了打聽作者的名字，但老人被這麼一呈現，原來也可以看起來豐富、安穩、溫暖。那是無論搭配金屏風、春

17 長澤蘆雪（1754-1799），江戶中期畫家。以嚴島神社的「山姥」圖著稱。山姥是傳說中住在深山裡會吃人的老妖婆。

18 別會能，相較於定期舉辦的每月例行表演，春秋時才舉辦的臨時能樂會。

風，或櫻花都不遜色的道具。比起天狗岩，我認為這個挺直腰桿，手遮在眼睛上方指向遠方，穿背心的阿婆，才是最適合春日山路的景物。我拿起寫生簿，才剛要請她暫時別動，阿婆已換了姿勢。

我只好無所事事地把寫生簿對著爐火烘乾，一邊問道：

「阿婆，您看起來很硬朗。」

「是啊。幸好還算健康——拿得了針，也搓得了苧麻，磨得了糯米粉。」

我很想讓這個阿婆用石臼磨粉給我看。但我開不了那個口。

「從這裡到那古井不到四公里吧？」我改問別的。

「是。大約三公里，您是要去泡溫泉……」

「如果客人不多，我打算稍作停留，不過當然也要看屆時有無興致。」

「甭擔心，自從開始打仗後，幾乎都沒客人去。簡直就像關閉了。」

「真奇怪。那大概也不會讓我住吧？」

「不，只要拜託一下，隨時都能住。」

「那裡只有一家旅館？」

「對，只要向人家打聽志保田先生，馬上就能找到。那是村子的有錢人，也不知算是他的溫泉療養館還是養老場所。」

「那就難怪沒客人上門也不在乎了。」

「您是第一次去？」

「不，很久以前也曾去過一下。」

對話暫時打住。我翻開簿子靜靜速寫剛才出現的雞，靜下來的耳底又響起喀啷喀啷的馬鈴聲。這個聲音自動打著拍子在腦海形成一種調子。彷彿在昏睡中，被身旁的石臼聲引入夢鄉。我不再替雞寫生，在同一頁的角落試著寫下詩句。

春風伴惟然[19]，唯聞串串馬鈴聲。

19 廣瀨惟然（?-1711），江戶前期俳人。芭蕉的門人，芭蕉過世後，吟誦著芭蕉的俳句周遊諸國。

從我登山至今，沿路已遇見五、六匹馬。那五、六匹馬的身上都罩著布，綴有鈴鐺響個不停。怎麼看也不像現世的馬。

之後，馬夫悠揚的歌聲劃破春日深處空山一路的迷夢。在哀憐的底層蘊藏輕快的味道，不管怎麼想都是如詩如畫的聲音。

綿綿春雨中，馬夫歌吟越鈴鹿[20]。

這次我是歪著寫，一寫之下，才發現這並非自己想出來的詩句。

「又有人來囉。」阿婆半是自言自語地說。

這是唯一一條春日山徑，人們似乎來去都會途經此地。之前路上那五、六匹馬喀啷喀啷的鈴鐺聲，八成也是在阿婆內心想著「又有人來囉」之際，就這麼下山或上山吧。旅途寂寞貫穿古今春天，在這若厭山花簡直遍地無處落腳的小山村，阿婆想必從多年前便數盡喀啷喀啷的馬鈴聲，直至今日白髮蒼蒼。

馬夫歌悠揚，白髮蒼蒼染暮春。

我繼續寫到下一頁，此句無法道盡自己的感想，應該還可以寫得更用心才是，於是我盯著鉛筆的筆尖思索。我努力試圖在詩句中放入白髮這個字眼，放入歷代之曲這個句子，也放入馬夫歌謠這個題目，再加上時值春季的描繪，正當我思索該如何將他們統合成十七字的俳句之際，

「嗨，午安！」真正的馬夫在店前駐足大聲喊道。

「喲，這不是阿源嗎？你又要進城？」

「有什麼要買的，我可以幫大嬸一起買。」

「這樣啊，那你如果經過鍛冶町，替我女兒拿一枚靈嚴寺的護身符。」

20 正岡子規寫過一句「綿綿春雨中，馬夫歌吟登鈴鹿」。

「好，我會去拿。一張就好嗎——阿秋嫁到好人家可真幸福。是吧，大嬸？」

「幸好如今衣食無憂。或許算是幸福吧。」

「當然幸福。不信妳和那古井的小姐比比看。」

「那位小姐的確可憐。人長得那麼美。最近她的狀況可有稍微好轉？」

「沒有，還是老樣子。」

「傷腦筋。」阿婆說著長嘆一口氣。

「傷腦筋啊。」阿源撫摸馬鼻。

枝繁葉茂的山櫻樹葉及花朵上，棲息著自長空墜落的雨滴，卻被此時吹過的春風絆住腳，再也站不住，紛紛自暫居處滾落。馬吃了一驚，上下甩動長長的鬃毛。

「噓——！」阿源喝斥馬兒的聲音，伴隨喀啷喀啷的鈴鐺聲打破我的冥想。

「阿源，小姐出嫁時的模樣，至今還在我眼前徘徊不去呢。她穿著下襬有花的寬袖和服，梳著高島田髻，騎著馬……」阿婆說。

「是啊，不是坐船。是騎馬。同樣是在這裡歇腳，對吧，大嬸？」

「對，小姐的馬停在那棵櫻樹下時，櫻花紛紛飄落，小姐特地梳好的島田髻零星沾上了斑駁花瓣。」

我又打開寫生簿。這種景色可以入畫，也可以成詩。在我心中浮現新娘子的身影，我試著想像當時的情景，得意地寫下一句：

花季好年華，騎馬越嶺出嫁去。

不可思議的是，衣裳、頭髮、馬匹與櫻花都清晰地映入眼簾，唯獨新嫁娘的臉孔，怎麼想就是想不出來。我絞盡腦汁思考了一會各種臉孔，忽然冒出米雷[21]畫的奧菲莉亞那張臉孔，妥貼地鑲嵌在高島田髮髻下。這樣不行！我立刻把好不容易完成的畫面抹去。衣裳、頭髮、馬匹和櫻花一瞬間都從我心上撤退得乾乾淨淨，唯有

21 米雷（John Everett Millais，1829-1896），英國畫家。代表作為「奧菲莉亞」，描繪莎士比亞作品《哈姆雷特》的女主角奧菲莉亞自殺後隨水漂流的場景。

奧菲莉亞雙手合十漂浮水面的身影，仍朦朧留在心底，彷彿用棕櫚掃帚去掃除煙霧，依舊模糊不清。又好似在天際拖曳而去的彗星，心情很奇妙。

「那我走了，告辭。」阿源道別。

「回程記得再來坐坐。不巧碰上雨天，七曲路一定很難走。」

「對，是有點麻煩。」阿源邁步走出。阿源的馬也邁步走出。喀啷喀啷。

「他是那古井的人嗎？」我問。

「是的，他是那古井的源兵衛。」

「那個人曾讓哪家的新娘子坐著馬翻越山嶺嗎？」

「當初志保田家的小姐嫁入城裡時，就是源兵衛讓小姐坐在青馬上，自己牽著馬經過。——日子過得很快，一轉眼至今已有五年了。」

唯有攬鏡自照時才感嘆自己竟已白頭的人算是很幸運。屈指計算流年，方能理解五年光陰迅如轉輪的阿婆，作為一個凡人毋寧已快成仙了吧。於是我回答：

「那她當時一定很漂亮吧？早知道應該來看熱鬧。」

「哈哈哈，現在也看得到喔。只要去溫泉館，她必然會出面向您打招呼。」

「噢？她現在待在娘家嗎？要是她還穿著下襬有花的寬袖和服梳著島田髻就好了。」

「您不妨拜託看看。她應該會穿給您看。」

我心想怎麼可能，但阿婆的神色意外認真。非人情之旅就該有這種插曲才有意思。阿婆接著說：

「小姐與長良姑娘非常相似。」

「您是說長相嗎？」

「不。我是指遭遇。」

「噢？那個長良姑娘是什麼人？」

「據說以前這個村子的長老有個美麗的女兒，人們稱之為長良姑娘。」

「噢。」

「您知道嗎，沒想到有二個男人同時愛上那個姑娘哪。」

「原來如此。」

「該選那個佐佐田，還是該選這個佐佐部，姑娘成天苦惱不已，拿不定主意該選哪一個，最後，她詠出一首短歌，

『秋日來時，吾亦如芒草上的露珠，縹緲消逝。』

然後她就縱身跳進河中了。」

我做夢也沒想到，來到這種荒山野地，竟能從這樣粗鄙的老太婆口中，聽到用如此典雅的遣詞敘述如此典雅的故事。

「接下來往東邊走下五百公尺，就會看到路旁有座祭祀她的五輪塔。您不妨順便去參觀一下長良姑娘的墓塚。」

我暗自下定決心一定要去看。阿婆又繼續說道，

「那古井的小姐也是被二個男人追求。一個是小姐去京都學習時認識的，另一

個是本地城內首屈一指的財主。」

「噢，小姐喜歡哪一個呢？」

「她自己是希望嫁給京都的那位，其中想必也有她的種種理由，但是父母硬將她許配給了另一個……」

「可喜可賀，這下子不用投水自殺了。」

「問題是——對方也是看上她的美貌才會娶她，所以當初或許很寵愛她，但她本就是被迫嫁給對方，因此夫妻感情一直不好，親戚們好像也很擔心。結果這次的戰爭，令她丈夫任職的銀行倒閉了。後來小姐又回到那古井的娘家。大家都批評小姐不通人情或薄情寡義。她本來是非常內向溫柔的人，最近脾氣卻變得很壞，源兵衛每次過來都說非常擔心她……」

如果繼續聽下去，好好的雅趣也會被破壞。彷彿自己好不容易正要成仙飛升而去，卻有人出現催著歸還飛天羽衣。我冒險跋涉七曲路，總算來到此地，如果這時被硬生生拉下紅塵俗世，未免失去當初飄然離家的意義。閒話家常深入到一定的程度後，俗世的臭味就會滲入毛細孔，沾染汙垢的身體變得笨重。

「阿婆，去那古井只有一條路吧？」我朝折疊椅上丟了一枚一毛錢銀幣後站起來。

「從長良姑娘的五輪塔往右邊走下去，有條六百公尺長的捷徑。路不太好走，不過應該比較適合年輕人吧。——謝謝您給了這麼多茶水錢，路上小心。」

三

昨晚感覺很古怪。

抵達旅館已是晚間八點左右，所以房子的格局、院子的布置自然不消說，我連東西南北都分不清。只記得沿著迴廊不斷被人帶著拐來拐去走路，最後進了一間三坪大的小房間。和我上次來時大不相同。吃完晚餐，洗過澡，回房間喝茶時，女服務生來替我鋪床。

我覺得不可思議的是，從我抵達旅館辦理登記，到伺候我用晚餐，帶我去澡堂，替我鋪床，通通都是這個年輕的女服務生一手包辦。而且她很少開口。但她看起來倒也不算土氣。她古板地綁著紅色腰帶，點燃古典的紙燭[22]，帶領我在看似走廊又似樓梯的地方繞來繞去時，以及之後被同樣的腰帶同樣的紙燭帶領著，在同樣不知是走廊還是樓梯的地方一再往下走前往澡堂時，我覺得自己好像已然成為畫中人。

她替我服務時簡略向我說明，最近沒客人，因此其他房間沒打掃，請我在平日使用的房間將就一下。鋪床時，她很有人情味地請我好好休息，然後就走了。她的腳步聲，沿著那蜿蜒的走廊逐漸遠去時，只剩下悄然無聲的冷清，令我耿耿於懷。

有生以來，我只有過一次這種經驗。昔日從館山縱走房州，我曾自上總沿著海邊一路步行至銚子。當時我曾於某一晚投宿某個地方。我只能用「某個地方」來指稱。因為如今那個地名與住所名稱我都忘光了。就連當時我住的是不是旅館都不

22 紙燭，將紙捻成細長狀浸油點燃，充作燭火。

確定。唯獨記得高樑大屋內只有二個女人在。我問能否收容我過夜時，年長的那個說可以，年輕的那個說要帶我去房間，我跟著她一路走去，經過許多荒廢的大房間後，她帶我來到最後方的小閣樓。走上三層台階，從走廊要進房間時，簷下傾斜的一叢修竹，迎著一陣晚風，自我的肩膀撫過頭部，令我背脊發涼。簷廊的木板已開始腐朽。我說明年竹筍大概就會鑽過地板讓室內變成一片竹林，年輕女子不發一語，只是笑吟吟逕自離去。

那晚，那叢竹子在枕畔婆娑起舞，令我難以成眠。我拉開紙門，院子是整片草原，夏夜的月光明亮，放眼望去，沒有籬笆也沒有圍牆，只有整片遼闊的草山連綿不絕。草山的更遠處就是大海，轟隆掀起巨浪威嚇人間。最後我就這麼睜眼到天亮，窩在怪異的蚊帳內勉強忍耐，一邊心想這簡直像話本怪談的遭遇。

後來我也曾旅遊各地，但在今晚投宿那古井之前，再不曾有過那種感覺。

我仰面而臥，偶然睜眼一看，門口上方掛著朱漆木框的匾額。即便躺著，也能清楚看見上面寫的是「竹影拂階塵不動」，而且可以看見落款題的是「大徹」。我對書法方面毫無見識，但平生特別鍾愛黃檗的高泉和尚[23]的筆觸。隱元、即非與木庵[24]當然也各有千秋，但高泉的書法最蒼勁有力且雅馴。現在看著這七個字，從筆觸到運筆方式，分明出自高泉的手筆。但是落款寫的是大徹，所以應該不是他吧。說不定，黃檗派還有大徹這麼一個和尚。不過紙張的顏色非常新，看起來應該是最近的作品才對。

我翻身側臥。掛在壁龕的若冲[25]畫的鶴圖映入眼簾。因為和自己的職業有關，這幅畫我倒是一進房間就立刻認出是傑作。若冲的畫作多半色彩精緻，但這幅鶴圖是完全不在意世間評價的寫意畫，白鶴單腳修長挺立，上方飄然安放蛋形身體的模

23 黃檗是指禪宗臨濟派的分支之一黃檗宗。高泉性潡和尚（1633-1695），是黃檗派僧人。

24 隱元隆琦（1592-1673），黃檗派歸化僧。即非如一（1616-1671），明朝僧人，應隱元之請赴日。木庵性瑫（1611-1684），黃檗派禪僧。隨隱元赴日，繼承其衣缽。以上三人皆以書法著稱，並稱黃檗三筆。

25 伊藤若冲（1716-1800），江戶中期畫家。以寫實的裝飾畫風描繪動物與花鳥，尤擅長畫雞。

樣深得我心，甚至連長喙的尖端都帶有飄逸意趣。壁龕旁邊沒有高低二層的裝飾架，只有普通的收納櫃。櫃子裡不知有什麼。

我安然入睡。做了一個夢。

長良姑娘一襲寬袖和服，騎著青馬，越過山嶺，這時佐佐田與佐佐部二男忽然衝出來，從左右兩邊搶著拉扯她。女人突然變成奧菲莉亞，跳上柳枝，在河中漂流，同時以美妙的嗓音歌唱。我想救她，於是拿著長竹竿朝向島追去。女人絲毫不以為苦，兀自笑著，唱著，不知去向地順流而下。我扛著竹竿，不停喂呀喂地呼喊她。

這時我醒了。腋下冒汗。我覺得自己做了一個莫名其妙雅俗混淆的夢。昔日宋朝有位大慧禪師，悟道之後，事事皆無不如意，唯獨在夢中會出現俗念令他很困擾，據說長期受此折磨，原來如此，的確有道理。以文藝為生命的人如果不做點更美妙脫俗的夢，作品就不會有影響力。我一邊思忖這樣的夢大部分無法成為詩畫，一邊翻身，不知幾時月光照到紙拉門上，映出兩三枝疏影斜倚。這是個甚至令人感到沁涼寒意的春夜。

許是心理作用，總覺得有人在小聲唱歌。不知是夢中的歌聲潛入人世，抑或是人世的聲音在半夢半醒中混入遙遠的夢鄉，我豎起耳朵靜聽。的確有人在唱歌。雖然聲音低微，卻在這不眠的春夜幽幽起伏一絲脈動。不可思議的是，撇開那個曲調不談，一聽歌詞——不是在枕邊唱，所以自然聽不清歌詞——本該聽不清的歌詞，居然聽得很清楚。「秋日來時，吾亦如芒草上的露珠，縹緲消逝。」聽來分明是在重複那首長良姑娘之歌。

起初聽來近在簷廊，漸漸漸漸裊裊遠去。若是戛然而止，雖有突兀之感，哀惋之情也會很淡。聽著倏然斷絕的聲音，人們的心裡，只會跟著產生斷絕之感。但若沒有明確畫下句點，只是自然而然越來越細微，最後不知不覺消失的現象，我們彷徨無助的心也會跟著一分一秒越來越不安。歌聲猶如奄奄一息的病人，猶如即將熄滅的燈火，彷彿隨時會在下一瞬間停止，在這徒然擾亂人心的歌聲背後，帶有匯集全天下春閨悵恨的調子。

到目前為止我一直躺在床上耐著性子傾聽，但隨著聲音漸遠，明知是對方在勾引，我的耳朵還是不由自主想追隨而去。聲音越細小，越令人覺得「哪怕只剩下耳朵，也想依戀地跟隨它」。就在我感到無論多麼焦慮恐怕也不會再繼續聽到聲音的剎那之前，我終於再也忍不住，忘我地鑽出被窩同時猛然拉開紙門。頓時，我的膝蓋以下斜斜沐浴在月光中。睡衣上亦有樹影搖曳灑落。

拉開紙門時我壓根沒注意到那種事。我只顧著尋找那個聲音，辨識出聲音的來源——就在對面。只見一個朦朧的影子背對某種枝幹（若是花樹應是海棠吧），冷冷清清地藏在月光中。就在心裡甚至尚未明確意識到自己要找的就是那個時，黑影已踏碎花影向右轉。與我房間相連的屋子轉角，立刻遮住了那個翩然離去的高挑倩影。

我穿著借來的浴衣，抓著紙門，茫然佇立半晌，最後終於回過神，醒悟山中春寒料峭。我只好先回到剛才鑽出的被窩默默思索。從枕下摸出懷錶一看，時間已過了深夜一點十分。我把懷錶又塞回枕下開始盤算。那個影子應該不是鬼怪。既然不是鬼怪那就是人，若是人應該是女人。說不定就是這家的小姐。但是搬回娘家的小姐三更半夜跑到與山相連的院子好像有點不妥當。不管怎樣我都難以入眠。就連枕下的懷錶都在滴滴答答插嘴。過去我從未在意懷錶的聲音，唯獨今夜，它彷彿在催促我快想呀、快想呀，又好似在忠告我別睡著、別睡著。真是莫名其妙。

遇見可怕的東西時，如果只視為可怕的東西，照樣可以成詩。面對駭人的事物，如果超脫自我，只是單純當作駭人的事物，照樣可以入畫。所以失戀才會成為藝術創作的主題。如果忘記失戀的痛苦，則它的溫柔，蘊藏的同情，飽含的憂愁，甚至更進一步說來還有洋溢失戀的痛苦本身，都會客觀地浮現眼前，所以才能夠成為文學與美術的題材。世上有人創造莫須有的失戀，為賦新辭強說愁，貪求那種愉快。常人評之為愚人、瘋子。但我不得不說，自己塑造出不幸的輪廓遨遊其中，和自己描繪子虛烏有的山水為那世外仙境而歡喜，二者在獲得藝術立足點這方面其實是一樣的。就這點而言，世上眾多藝術家在身為藝術家時（身為普通人時則不一定）往往比常人更愚昧，更瘋狂。我們穿著草鞋旅行時，從早到晚一直發牢騷抱怨好痛苦、好難受，但是向旁人描述那趟旅遊時，絕對不會露出絲毫不滿的樣子。好玩、愉快的回憶自然不消說，就連旅途曾有的憤懣不平也會描述得洋洋得意，一臉自得。這並非出於故意自欺欺人的心態。旅行時是以平常人的心態，事後描述旅遊時卻是抱持詩人的態度，所以才會出現這種矛盾。如此看來若將四角形的世界磨去名為常識的一角，住在三角形中的或可堪稱藝術家。

因此無論是出於天然，或是人力所為，在大眾迴避難以接近之處，藝術家卻能見到滿目琳瑯，發現無上珍寶。俗稱為「美化」。其實那根本不是什麼美化。燦爛的彩光，自古以來本就煌煌然存在於現實世界。只是因為一翳遮眼天花亂墜，因為受到俗累羈絆難以斷絕，因為榮辱得失逼迫我等念念在心，所以在泰納[26]描繪火車之前我們不知火車之美，在應舉[27]描繪幽靈之前我們不知幽靈之美。

我剛才見到的影子，若也只是那種現象，那麼不管是誰來看，誰來聽，都會饒富詩趣。——孤村溫泉——春宵花影——月下低吟——朦朧夜色伴伊人——在在皆是藝術家的好題材。這麼好的題材明明就在眼前，我卻做出無謂的揣測，投入多餘的探究。非要在好好的良辰美景前擺出大道理，用恐懼糟蹋了求之不得的風雅。這樣的我，還標榜什麼脫離世俗人情的境界！看來我如果不多修行一下，就沒資格向人吹噓自己是詩人或畫家。我曾聽說昔日義大利畫家薩爾瓦多．羅沙一心想研究小偷，甘願冒性命危險也要混入山賊中。我是在懷中藏著寫生簿飄然走出家門，因此若無那種覺悟未免太丟人。

至於這種時候該怎麼做才能回歸詩的立足點？只要面對自己的感想本身，從那感想退後一步誠實無偽地客觀看待，保留以外人的眼光去檢視的餘地就行了。詩人有義務親手解剖自己的屍體，把病情昭告天下。至於方法各有不同，最簡便的就是管它是什麼東西一律寫成十七字俳句。十七字就詩詞型態而言是最輕便的一種，因此無論洗臉時、如廁時，或搭乘電車時皆能輕易成詩。短短十七字便可輕易成詩，也就表示可以輕易成為詩人。成為詩人是一種頓悟，所以不必因其輕易就予以蔑

26 泰納（Joseph Turher，1775-1851），英國浪漫主義風景畫家。

27 圓山應舉（1733-1795），江戶後期畫家。將中國宋、元時代的繪畫及西洋畫手法融入狩野派，成為圓山派始祖。

視。越輕易方便就越有功德，所以我認為反而更值得尊重。假設你現在有點生氣。不妨把氣憤化為十七字俳句。當你寫成十七字時，你的氣憤早已變成他人。一個人不可能同時又生氣又創作俳句。假設你掉了幾滴眼淚。不妨把這眼淚化為十七字。然後你肯定會開心起來。因為把眼淚化為十七字時，痛苦的淚水已游離自身之外，只剩下「原來自己是個有血有淚的男人」這種喜悅。

這是我平日一向的主張。今晚不如也實行這個主張吧。於是我在被窩裡針對之前那起事件構思各種詩句。成詩之後如果不趕緊抄寫下來，靈感就會跑掉，因此這是需要格外用心的修行，我連忙翻開那本寫生簿放在枕畔。

我首先寫下「海棠露珠落，恰似心神顫欲狂」，一讀之下，毫無趣味，但也不算詭異。接著我又寫了一句「花影暗朦朧，夢幻倩影亦朦朧」，但這犯了季節重複的語病[28]。不過我不在乎，反正只要能夠定下心來慢條斯理寫詩即可。然後我又寫下「朦朧月色下，疑似狐仙扮倩女」，但這有點像滑稽的狂句[29]，連我自己看了都忍俊不禁。

照這種樣子看來應該不成問題，我當下信心大增，把此刻能夠想到的句子通通寫下來。

春星閃爍落，猶似夜半髮上簪。

春夜雲忽現，彷彿月光照濕髮。

春夜在今宵，伊人月下吟歌詩。

月夜照伊人，疑為海棠花精現。

月下詠春色，歌聲徐徐在遠近。

思緒戛然止，深宵獨立春夜中。

諸如此類，寫著寫著，不知不覺開始昏昏欲睡。

---

28 同一首俳句中應避免重複使用季語。「花」與「朦朧」皆為春季的季語。

29 狂句是採用俳句的形式，追求滑稽及雙關語的句子，流行於江戶後期。

所謂恍惚，我認為正是這種情況下最妥貼的形容詞。熟睡時任何人都無法保有自我。清醒時想必任誰也無法忘記外界。但這二種境域之間橫亙著絲絲如縷的太虛幻境。說是清醒未免太朦朧，說是沉睡又還保留一點生氣。那種狀態彷彿是將起臥二界放在同一個瓶中，拿起詩歌的彩管不停攪拌。把大自然的色彩混淆至入夢前的模糊，把真實的宇宙原貌進一步推向朦朧的國度。借助睡魔的妖腕，把一切實相的角度打磨得圓滑，同時，在變得如此柔和的乾坤天地，賦予微微遲緩的脈動。彷彿匍匐地面的輕煙想飛卻飛不得，我的靈魂，似乎也想要脫離軀殼卻又不忍脫離。想抽離又逡巡不定，逡巡不定又想抽離，結果靈魂這個個體，終究無法保持非情之道，氤氳朦朧之氣不見散離，一逕纏繞四肢五體，始終依依不捨離去。

正當我如此逍遙於寤寐之境，入口的紙門倏然開啟。宛如幻影的女子倏然現身門口。我並不驚訝。亦無恐懼。我只是怡然打量。說「打量」可能有點用詞過當。因為幻影女子是擅自鑽入我緊閉的眼皮之內。幻影緩緩走進室內。宛如仙女凌波而來，她在榻榻米上沒有發出凡人的動靜。我是閉眼看世界所以並不確定，但她似乎是個膚色白皙、頭髮濃密、脖頸修長的女子。我覺得很像是把這年頭流行的朦朧沙龍照高舉在燈影下打量。

幻影在收納櫃前駐足。她打開櫃子。潔白的手臂隨著衣袖滑落在黑暗中若隱若現。她又關上櫃子。榻榻米的波浪自動將幻影送回去。入口的拉門又自動關閉。我的睡意漸濃。人死去後，尚未投胎轉世變成牛馬的途中大概就是這樣吧。

我自己也不知道在人與馬的兩世之間睡了多久。感到耳邊響起女子的低笑聲時倏然醒來。定睛一看，夜幕早已落盡，天下每個角落都大放光明。看著和煦的春陽染黑圓窗的竹製窗櫺，世間似乎已無奇妙事物潛藏的餘地。神祕想必已回歸極樂淨土，抵達三途川[30]的對岸了。

我穿著浴衣直接去澡堂，漫不經心地在池子裡浸泡了五分鐘左右。我無意洗浴，也不想離開。重點是，昨晚我為何會萌生那種心情？天地以晝夜為界，如此徹

30 三途川，死後第七日渡過的冥界之河。

底顛覆也是一件妙事。

我甚至懶得擦乾身體，因此草草了事，濕淋淋地直接走出來，從內側一拉開澡堂的門，頓時又被嚇了一跳。

「早安。昨晚睡得好嗎？」

幾乎就在開門的同時，聽到這句話傳來。我壓根沒想到會有人在，結果劈頭就聽到對方打招呼，所以我甚至來不及回話。

「來，快穿上。」

對方說著已繞到我身後，輕飄飄地在我背上披了一件蓬鬆柔軟的衣服。我好不容易才勉強擠出一句「謝謝妳……」，當我扭頭面對對方，女人頓時後退兩三步。

自古以來小說家總是極力描寫主角的容貌。若舉出古今中外各種語言品評佳人的說法，那個數量恐怕不遜於大藏經[31]。在這令人驚愕的大量形容詞中，關於這個站在我三步之外，扭著身體，愉悅地斜眼看著我流露驚愕與狼狽的女人，若要揀選出最適當的形容詞，不知會有多少數量。但我活了三十幾年，迄今從未見過那種表情。根據美術家的評論，希臘雕刻的理想，據說歸結起來就是「端肅」二字。我想端肅應是人類的活力欲動而未動的樣子。一動之下會如何變化，是風雲？還是雷霆？正因無從確定之際有餘韻縹緲，所以才能夠將含蓄的意趣流傳至百代之後吧。世上許多尊嚴與威儀，就是潛伏在這湛然的可能性背後。動了之後自然會出現。一旦出現，是一是二還是三必然會有個結果。一與二與三肯定都有其特殊能力，但是既然已是一，是二，是三，就會徹底暴露拖泥帶水的陋病，不可能再回到本來圓滿之相。因此只要冠上能動之名者，必然卑下。運慶雕刻的金剛力士像，北齋畫的漫畫都是敗在這一個「動」字上。是動或是靜？這是支配我們畫師命運的大問題。自古以來，對美女的形容想必也多半可以歸入這二大範疇之一。

然而此刻看著女人的表情，我遲疑著不知該如何判斷。她的嘴巴抿成一線，很安靜。眼睛動來動去彷彿連分毫可乘之機都不放過，臉蛋是上窄下寬的瓜子臉，雖

31 大藏經，佛教聖典的總稱。共有一萬一千九百七十卷。

然看起來福態寬容，相對的額頭狹小，顯得小家子氣，帶有所謂美人尖的俗氣。而且眉毛自兩方逼近，中央彷彿點上了幾滴薄荷油，正在焦慮抽動。唯有鼻子並未尖得過於輕浮刻薄，也沒有圓得過於遲鈍蠢笨。如果畫成一幅畫想必很美。如此這般五官各有特色，一齊亂哄哄衝進我的雙眼，也難怪我會遲疑。

就好像本該是平靜的大地一角忽然陷落，全體不由震動，隨即醒悟震動會違背本性，於是極力想恢復往昔模樣，偏偏受制於失衡的態勢，不得不繼續動來動去直到今日，於是索性在賭氣之下非要動給你看——如果真有那種現象，正好可以用來形容這個女人。

所以在她輕蔑的背後，多少也可看出想依賴他人的跡象。在瞧不起人的背後隱約藏有深思熟慮的判別力。在恃才傲物、就算面對百名男子亦視若無物的氣勢底下，不自覺湧現溫柔情懷。她的表情說什麼都無法統一。彷彿領悟與迷惘在同一個屋簷下吵吵鬧鬧同居。這個女人的臉蛋沒有統一之感，正是心靈不統一的證據，心靈不統一，恐怕是因為這個女人的世界沒有統一吧。那是遭受不幸打壓，企圖戰勝不幸的臉孔。她肯定是個不幸的女人。

「謝謝妳。」我再次道謝，朝她微微點頭致意。

「呵呵，房間已經打掃過了。請您去看看。待會見。」

說完，她翩然一扭細腰，輕快奔過走廊。她的頭上梳著銀杏髻。頸後下方露出白領。她的腰帶想必只有單面是黑緞子。

四

我茫然回到房間，果然打掃得很乾淨。但我有點不放心，為求謹慎起見還是打開櫃子檢視。下方是小衣櫥。上層垂落半截友禪染腰帶。可以解釋為某人匆忙取出衣物離開所致。腰帶的上半截還藏在五顏六色的衣服之間看不見末端。有一邊放了少許書籍。最上面那本是白隱和尚的《遠良天釜》[32]與一卷《伊勢物語》[33]。我覺得昨晚的夢境或許是真的。

我隨意往坐墊上一坐，只見那本寫生簿子裡夾著鉛筆，慎重放在紫檀木桌上。昨夜夢中草草寫下的詩句，早上看來會是怎樣呢？我拿起簿子。

「海棠露珠落，恰似心神顫欲狂」的下方，不知被誰寫了一句「海棠露珠落，晨鴉啼叫黎明至」。字是用鉛筆寫的，所以模糊不清，若是出自女人的手筆未免太剛硬。若是男人寫的未免太柔和。我又吃了一驚。接著看到「花影暗朦朧，夢幻倩影亦朦朧」下方接的是「花影暗朦朧，眼花誤以為倩影」。「朦朧月色下，疑似狐仙扮倩女」的下方是「朦朧月色下，貴公子[34]假扮倩女」。不知這是在模仿，還是修改我的詩句？是風雅的以文會友，還是嘲笑，在耍我？我不禁歪頭納悶。

女人說待會見，所以吃飯的時候說不定又會出現。等她來了，或許就能稍微了解狀況吧。我看看時鐘，已過了上午十一點。我睡得很飽。這下子只吃午餐想必對胃比較好。

拉開右側的紙門，我追憶昨晚那一幕是發生在哪一帶。我判斷那植物是海棠果然沒錯，就是海棠，但院子比印象中狹小。五、六塊踏腳石覆滿青苔，如果赤腳踩在上面肯定很舒服。左邊與山相連的崖壁上有赤松自岩石之間往院子上方歪斜伸展而來。海棠後方有一小叢灌木，更後方的大片竹林將十丈青翠暴露在春光中。右邊被屋宇遮擋看不見，但就地勢觀察，徐緩的下坡想必是通往澡堂那邊。

山脈盡頭是小丘，小丘盡頭是約有三公頃的平地，平地盡頭潛入海底，再往前走六十幾公里後地形又隆起，成了方圓二十幾公里的摩耶島。這就是那古井的地勢。溫泉館位於山丘腳下盡量往山崖伸展似的把山崖的景色大半納入院子，所以前面看來是二層樓，後面卻是平房。如果坐在簷廊伸出雙腳晃蕩，腳跟會立刻碰到青苔。難怪昨晚我會覺得房子的格局古怪，好像一直在上上下下走樓梯。

接著我打開左側的窗子。天然凹陷約二張榻榻米面積的岩石中注滿春水，靜靜倒映山櫻的影子。兩三棵山白竹點綴岩石角落，對面是枸杞樹籬，外面或許是從海

32 白隱和尚（1685-1768），江戶時代的臨濟宗高僧。《遠良天釜》是一七五一年出版的白隱法話集三卷。

33《伊勢物語》，作者不詳。平安初期的短歌讀本。以在原業平的詩歌為主，內容多為男女情愛。

34 貴公子，出自源義經穿女裝經過五條橋遇見弁慶的典故。

灘登上山丘的小路，不時傳來人聲。道路的另一側是朝南的緩坡，種滿橘子樹，谷底又有大片竹林閃爍白光。直到此刻我才知道，原來遠眺時，竹葉看起來會閃爍白光。竹林上方是有著許多松樹的山巒，褐色樹幹之間可以看見五、六層石階。那裡大概是寺院吧。

我拉開入口的紙門走到簷廊上，欄杆呈四方形彎曲，從方位來說應該可以看到海的地方，隔著中庭，就是前棟二樓的房間。我住的房間，如果憑欄而立應該也和對面的二樓是同樣高度，這引起我的興致。澡堂在地下，若就澡堂的位置而言，我等於住在三樓。

房子很寬敞，但除了對面二樓的那個房間，以及我沿著欄杆向右轉的那間之外，我不知還有什麼房間，看似客房的房間多半房門緊閉。除了我以外想必沒有其他客人。關閉的房間即便白天也沒打開遮雨板，一旦打開了似乎夜晚也不會關閉。甚至不確定正面大門是否也是如此。這是個最適合非人情之旅的絕佳場所。

時鐘已快走到正午十二點，卻還沒有開飯的跡象。我終於感到飢餓，不過，想到自己正處於「空山不見人」這首詩中，就算稍微省下一頓飯也不遺憾。我懶得畫畫，至於俳句就算不創作也已盡得俳句三昧，所以現在寫俳句反而只會殺風景。綁在折疊椅上帶來打算閱讀的兩三本書也懶得拆封。就這樣，任由背部晒著暖暖春陽，與花影同臥簷廊，誠乃天下至樂。動腦筋思考只會墜入邪門歪道。一動就危險。可以的話我甚至不想用鼻子呼吸。我只想像榻榻米上生根的植物一樣文風不動度過二星期。

之後，走廊終於響起腳步聲，有人從樓下走上來了。根據走近的腳步聲聽來，好像有二個人。才剛覺得二人在我房門前駐足，其中一人已不發一語掉頭走回去了。紙門拉開。我以為是今早的女人，結果又是昨晚的女服務生。我覺得若有所失。

「抱歉來遲了。」她說著放下餐盤，沒有對早餐做出任何辯解。烤魚點綴了一些綠色，掀開湯碗一看，蕨菜之中沉浸著紅白相間的蝦子。我心想，啊，好美的顏色，定睛打量碗中。

「您不喜歡嗎？」女服務生問。

「不會，我馬上開動。」雖說如此，但我其實捨不得吃掉。我曾在某本書上看過一則逸話，據說畫家泰納在某個晚餐席上，凝視盤中的沙拉，對身旁的人說：「好清涼的顏色，這就是我要用的顏色。」我很想讓泰納看一下這個蝦子與蕨菜的顏色。基本上西洋食物中，找不出任何顏色好看的菜色。就算有，也頂多是沙拉與紅蘿蔔罷了。營養價值方面我不甚了解，但就畫家的角度看來，那是非常落伍的料理。相較之下，日本料理無論是湯、前菜或生魚片都可以弄得很漂亮。面對豪華的宴席料理，就算不動筷子，靜觀之後便離開，單就大飽眼福而言，去茶屋一趟也絕對值回票價。

「你們這裡有年輕女人吧？」放下碗，我問女服務生。

「是的。」

「她是什麼人？」

「是少夫人。」

「另外還有老夫人嗎？」

「去年過世了。」

「老爺呢？」

「還在。她是老爺的千金。」

「妳是說那個年輕女人嗎？」

「是的。」

「有客人嗎？」

「沒有。」

「只有我一人嗎？」

「是的。」

「少夫人每天都在做什麼？」

「做針線……」

「還有呢？」

「彈三弦琴。」

這倒是很意外。出於好奇我又接著問：

「還有呢？」

「去寺院。」女服務生說。

這再次令我意外。寺院與三弦琴的組合很怪異。

「去寺院拜拜嗎？」

「不是，去找和尚。」

「難不成和尚也學三弦琴？」

「不是。」

「不然她去做什麼？」

「去找大徹師父。」

原來如此，大徹肯定就是寫這個匾額的男人。從這詩句推斷應該是什麼禪師。

櫃子裡的那本《遠良天釜》，想必是那個女人的私人物品吧。

「這個房間平時有誰出入嗎？」

「平時是少夫人使用。」

「那麼，昨晚我來之前她都是睡在這裡？」

「是的。」

「那真是太過意不去了。對了，她去找大徹師父做什麼呢？」

「我不知道。」

「還有呢？」

「您是指什麼？」

「我是說，除此之外她應該還有做些什麼吧？」

「還有，很多……」

「『很多』是哪些呢？」

「我不知道。」

對話到此結束。飯終於吃完了。收餐盤時，女服務生拉開入口的紙門，隔著中庭的植物，只見銀杏髻女子在對面二樓倚欄托腮，宛如現代版的楊柳觀音垂首注視下方。與今早不同，此刻的她非常沉靜。她低著頭，從我這邊看不見她的眼眸動向，所以不知表情出現多大的變化。據說古人有云，存乎人者莫良於眸子，的確，人焉廋哉，在人的身上，再沒有比眼睛更靈活的工具。她寂然倚靠的亞字形欄杆下方，有二隻蝴蝶若即若離翩翩飛起。這時我房間的紙門倏然開啟。拉動紙門的聲音，令女人的目光猝然自蝴蝶轉向我這邊。她的視線如毒箭貫穿長空，沒打聲招呼就射向我的眉心。正當我吃驚之際，女服務生又啪地一聲關上紙門。之後只剩異常悠遠的春天。

我再次躺下。心頭頓時浮現的是這樣的詩句，

Sadder than is the moon's lost light,[35]
Lost ere the kindling of dawn,
To travelers journeying on,

The shutting of thy fair face from my sight.

假設我愛慕那個銀杏髻女子，不惜粉身碎骨也想見她的當下，對於剛才那樣匆匆一瞥的別離，感到銷魂蝕骨的喜悅與憾恨，那我必然也會作出蘊藏這種意味的詩句吧。而且，說不定還會再添上二句：

Might I look on thee in death,
With bliss I would yield my breath.

幸好，我早已超越尋常的戀呀愛的那種境界，縱使想感受那種痛苦也感受不到。但剛才那瞬間遭遇產生的詩趣，的確淋漓呈現在這五、六行詩中。我與銀杏髻

---

35 出自英國作家喬治・梅瑞狄斯（George Meredith，1828-1909）的小說《沙帕特的理髮師》（*The Shaving of Shagpat*）第二章「美女帕娜瓦的故事」。

女子的關係就算沒有如此惆悵的情愫，把我倆目前的關係套用在這詩中也很有意思。或者把這首詩的意義引用到我倆身上做詮釋也很愉快。在我倆之間，有一條因果的細線，把詩中呈現的某部分情境化為事實湊到一起。因果之線細到這種程度就不足為苦。況且，那並非普通的絲線。那是橫越天空的彩虹之線，是在原野拖曳的渺渺霧靄，是綴滿朝露閃閃發亮的蜘蛛絲。如果想弄斷，立刻便可切斷，光是看著就覺得非常美麗。但萬一這條絲線眼看著越變越粗像水井的繩子一樣堅硬怎麼辦？不會有那種危險。我是畫家。對方也不是普通女人。

紙門突然開啟。我翻身朝入口一看，與我有因果緣分的那個銀杏髻女子站在門口，用托盤端著青瓷小碟佇立。

「您還在睡嗎？昨晚一定很困擾吧。被我一再打擾，呵呵呵呵。」她笑言。毫無畏縮之意，也沒有企圖掩飾——當然更沒有羞愧的跡象。她只不過是先我一步開口罷了。

「今早謝謝妳。」我再次道謝。仔細想想，為了那件厚棉袍我已講了三次謝謝。而且，三次都只說了謝謝妳這三字。

我準備起身時，女人已迅速坐到我枕畔。

「哎呀，您就躺著吧。躺著也可以講話。」她爽快地說。我想想也對，於是姑且先趴著，雙手支頤，在榻榻米上屈肘撐著身子。

「我怕您無聊，所以來伺候您喝茶。」

「謝謝妳。」又是謝謝妳。朝點心碟一看，上面排放著精緻的羊羹。在所有的糕點中我最喜愛羊羹。並非想吃，而是那種肌理之光滑、細膩，還有在光線照耀下呈現半透明的質感，不管怎麼看都是藝術品。尤其是帶有青色的熬煮方式，宛如玉石與蠟石的混種，光是看著就覺得舒坦。而且用青瓷小碟盛裝的青色羊羹，彷彿剛剛從青瓷中誕生般晶瑩剔透，教人忍不住想伸手撫摸。西洋糕點就沒有任何一種可以帶給人如此強烈的快感。奶油的顏色還算有點柔和，卻稍嫌油膩。至於果凍，乍看之下宛如珠寶，卻晃來晃去，沒有羊羹那種分量感。至於用白砂糖和牛奶製作的五重塔，那就更不列入考慮了。

「嗯，相當不錯。」

「這是源兵衛剛剛買回來的。若是這個您應該吃得下吧？」

看來源兵衛昨晚留在城裡。我沒回話，只是看著羊羹。是誰從哪買來都無關緊要。只要夠美麗，只要我覺得美麗，便可充分滿足。

「這青瓷的形狀非常好。顏色也很漂亮。與羊羹相比幾乎毫不遜色。」

女人呵呵笑。嘴角有一絲輕蔑的微波盪漾。大概是把我說的話當成附庸風雅。原來如此，若是附庸風雅，的確值得受到輕蔑。一個智慧不足的男人硬要附庸風雅時，經常會說出這種話。

「這是中國的嗎？」

「什麼？」對方完全沒把青瓷放在眼裡。

「好像是中國貨。」我拿起碟子檢查盤底。

「這點東西不算什麼，如果您喜歡，要不要參觀一下？」

「好啊，請務必讓我參觀。」

「家父酷愛古董，所以有各種收藏。我會跟家父說，改天請您去品茶。」

聽到「品茶」我有點退避三舍。世上沒有比茶道中人更喜歡故作風雅的人。他們故意用繩子將遼闊的詩界畫地自限，極為自尊，極為煞有介事，極為小家子氣，毫無必要卻鞠躬如儀，喝泡沫渣子也甘之如飴，這就是所謂的茶道中人。如此繁瑣的規則中若有風雅趣味，那麼麻布的陸軍部隊應該渾身風雅味濃烈得嗆鼻了。那些喊著「向後轉」、「齊步走」的士兵應該都是大茶人才對。其實那都是完全沒有受過藝術薰陶的商人或市井小民，根本不知道怎麼做才叫做風雅，所以才會機械性地將利休[36]以後的規則囫圇吞棗，以為這八成就是風雅，反而看不起真正的風雅人士。

「妳說的茶，是那種有流派做法的茶嗎？」

「不是，沒有任何流派做法。是不喜歡可以不喝的茶。」

36 利休（1522-1591），千家流茶道始祖。

「那我倒是可以順便喝一下。」

「呵呵呵呵。家父最喜歡給人看他的茶具了……」

「看了非得讚美不可嗎？」

「他年紀大了，如果稍作讚美，他會很高興。」

「噢，如果稍作讚美即可，那我就讚美一下吧。」

「您就讓個步，多多讚美嘛。」

「哈哈哈哈，有時妳的言詞倒是毫無鄉土氣。」

「意思是說本人很鄉土氣嗎？」

「人還是鄉土一點比較好。」

「那樣更吃得開。」

「不過妳曾在東京住過吧？」

「對，住過，也住過京都。我四處漂泊，住過很多地方。」

「這裡與都市，哪個比較好？」

「其實都一樣。」

「這種安靜的地方，反而輕鬆自在吧？」

「無所謂輕不輕鬆，人生在世過得好壞全憑自己的一念之間。如果因為討厭跳蚤國就搬去蚊子國，其實毫無助益。」

「搬到沒有跳蚤也沒有蚊子的地方不就好了。」

「若有那種地方，您倒是給我看看。快給我看呀。」女人咄咄逼人。

「妳想看，我就給妳看。」我拿起那本寫生簿，遙想女人騎在馬上，望著山櫻花的心情——當然那是倉促下筆，還算不上一幅畫，只是草草畫下感受。

「來，請到這畫中。沒有跳蚤也沒有蚊子。」我說著把簿子伸到她的鼻尖前。不知她會吃驚，還是難為情，照這樣子看來，應該不可能痛苦掙扎吧——我這麼暗忖著窺探她的反應。

「哎喲，真是狹小的世界，這只是橫幅吧。您喜歡這樣的地方？簡直像螃蟹。」她回嘴嘲諷。我聽了之後，

「哇哈哈哈哈！」我大笑。簷角附近剛開始啼叫的黃鶯，頓時噤聲，移到遠方的枝頭去了。我倆刻意停下對話，豎起耳朵聽了一會，但是一旦停止啼叫後，很難再讓鳥打開金口。

「昨天您在山上遇見了源兵衛吧？」

「對。」

「去參觀了長良姑娘的五輪塔嗎？」

「對。」

「秋日來時，吾亦如芒草上的露珠，縹緲消逝。」沒有說明，也沒加上曲調，女人就這麼直接把歌詞念誦出來。不知有何用意。

「這首短歌，我在茶店聽過。」

「是阿婆告訴您的嗎？她本來在我家幫傭，那時我還沒嫁……」說到一半，她猶豫地看看我的臉，我佯裝不知情。

「那時我還年輕，她每次來我都會講長良的故事給她聽。唯獨那首歌她老是記不住，但是一遍又一遍聽多了，最後終於囫圇吞棗地整個背下來了。」

「難怪，我就奇怪她怎會知道那麼艱深的詩句。——但那首歌是哀歌。」

「悲哀嗎？若是我絕不會吟詠那種歌。先不談別的，跳水自尋短見豈不是太沒意思了？」

「原來如此，的確沒意思。若是妳的話會怎麼做？」

「還能怎麼做，很簡單嘛。把兩個男人都收了當男妾呀。」

「兩個都要嗎？」

「對。」

「了不起。」

「沒啥了不起，那是理所當然。」

「原來如此，那樣的確用不著衝動地跑去什麼蚊子國、跳蚤國。」

「不必活得像螃蟹，照樣生存得下去吧。」

呵——呵嘰啾——已快被我拋到腦後的黃鶯，不知幾時又重整旗鼓，忽然發出不合時宜的高亢叫聲。一旦振作起來，聲音似乎自然就源源不絕冒出來。牠倒掛身子，震動鼓脹的咽喉底層，彷彿要撕裂小巧的鳥喙。

呵——呵嘰啾——。呵——呵嘰——啾——只聞鶯啼婉囀不絕。

「那才是真正的歌。」女人告訴我。

五

「不好意思，請問您是東京人嗎？」

「我看起來像東京人？」

「這還用看嗎，一眼就知道——更何況聽您說話就知道。」

「那你猜得出是東京的哪裡嗎？」

「這個嘛，東京大得要命。——應該不是平民老街。是有錢人住的山手區吧。山手區的麴町嗎？啊？不然是小石川？再不然就是牛込或四谷吧？」

「差不多是那樣吧。你懂得不少嘛。」
「別看我這樣，我也是道地的東京人。」
「難怪我覺得你很瀟脫。」
「嘿嘿嘿嘿。沒那回事，變成我這副德性，太窩囊了。」
「那你怎會流落到這種鄉下地方呢？」
「沒錯，您說得對極了。我的確是流落而來。因為沒飯吃……」
「你本來就是理髮店的老闆嗎？」
「不是老闆，是店裡的師傅。啊？您問地點啊。地點就在神田的松永町。哎呀，那是個只有巴掌大的破地方啦。像您這樣的貴人不可能會知道。那裡不是有一條龍閑橋嗎？啊？您連那個也不知道啊。龍閑橋可是很有名的橋。」
「喂，再幫我多塗一點肥皂泡好嗎？痛死了。」
「會痛嗎？因為我有潔癖，非得這樣倒著刮，把鬍子一根一根從毛孔摳出來才痛快——嗐，這年頭的師傅，根本不是在刮鬍子，那是撫摸。您再稍微忍一下。」

「我從剛才就已經忍很久了。算我拜託你，再給我多抹一點熱水或肥皂。」

「受不了了嗎？應該沒那麼痛才對。說來說去都要怪您的鬍子長太長了。」

老闆遺憾地放開本來用力捏我臉頰肉的手，從架子上取下一片單薄的紅色肥皂，迅速在水中浸了一下，然後就直接在我臉上來來回回抹了幾下。我從未被肥皂直接抹過臉。而且想到沾濕肥皂的水說不定是好幾天以前就打來放著的水，我不禁毛骨悚然。

既然是理髮店，作為客人的權利，我不得不對著鏡子。但我從剛才就想放棄這個權利。鏡子這種道具外表平坦，如果不能如實映出人臉就說不過去。如果掛著不具備這種性質的鏡子，還非要逼迫人家面對，那我不得不說，逼迫者就和三流攝影師一樣，是故意損害對方的容貌。虛榮心受挫或許是修養上的一種好方法，但是犯不著讓人家展示低於自己真實價值的臉孔，還告訴你說「這就是你喔」來羞辱對方。現在我耐著性子不得不面對的鏡子，分明從一開始就在侮辱我。往右看時，整張臉只看到大鼻子。往左看時，嘴巴咧到耳根。仰起頭時，就像正面看蛤蟆似地壓得扁平。稍微屈身就像福祿壽神仙賜予的孩子般，只看到凸出的大腦袋。被迫照鏡子的期間，不得不一人分飾多角，扮演各種妖魔鬼怪。就算姑且可以忍耐鏡中的自己欠缺美感，但就鏡子的構造、色調、銀箔的剝落令光線射穿的模樣等等綜合考量，這個工具本身實在極為醜陋。被小人謾罵時，對於謾罵本身倒是不痛不癢，可是如果必須在那個小人面前行住坐臥，任誰都會感到不愉快吧。

況且這個老闆也不是普通老闆。我從店外窺見時，他總是盤腿而坐，拿著長煙管，對著慶祝英日締結同盟的玩具國旗頻頻噴煙，看起來百無聊賴，可是等我走進去把腦袋託付給他才大吃一驚。他那種毫不客氣的處理方式，甚至令我開始暗自懷疑，刮鬍子時，腦袋的所有權，是完全在老闆的手上呢？還是我自己仍保有幾分？即便我的腦袋仍然安坐在肩上，照這樣看來也保不住多久。

他揮舞剃刀時，完全不懂文明的法則。刀子碰觸臉頰時發出喀哩哩的聲響。刀子刮到鬢角時，我聽見自己的動脈跳動聲。利刃在下巴一帶飛舞時則是卡嗤卡嗤發出宛如踩碎霜柱的怪聲。而且他自己還自負是全國技術最高明的理髮師。

最可怕的是他喝醉了。每次張嘴喊「先生啊」就飄來怪味。不時還把怪異的氣體噴向我的鼻樑。這樣下去，難保剃刀幾時會失手滑到不該剃的地方。他自己都沒有明確的計畫，把臉託付給他的我自然更無從推知。是我自願把臉任由他處置，所以我本來打算若是一點小傷口就不跟他計較了，但是萬一他忽然發瘋割斷我的咽喉那可不得了。

「只有技術欠佳的人，才會在刮鬍子的時候抹肥皂，不過您的鬍子畢竟狀況不同所以沒辦法。」老闆說著就把肥皂直接往架子上一扔，肥皂違背老闆的命令滾落地上。

「先生，您好像有點面生，怎麼，是最近才剛來嗎？」

「我兩三天前剛到。」

「噢，住哪裡？」

「我住在志保田家。」

「嗯，您是那裡的客人啊。我就猜想八成是這樣。其實，我也是來投靠那位退隱的老太爺。——說穿了其實沒什麼，那位老太爺住在東京時，我正好也住在附近——所以就認識了。他是個好人。很通情達理。去年太太過世了，現在整天把玩古董——他手裡好像有很不錯的貨色喔。聽說如果賣掉可以賣不少錢。」

「他不是還有位美麗的女兒嗎？」

「危險喔。」

「什麼？」

「這還用說。當然是您，那位可是離婚回來的。」

「這樣啊。」

「那可不是您這樣輕描淡寫的小事喔。說穿了，她本來不用離開夫家。——只因為銀行倒閉無法繼續吃香喝辣過好日子就離婚，這在道義上說不過去嘛。老太爺現在是身體還硬朗所以沒事，萬一哪天不在了，到時候可就不好解決囉。」

「會嗎？」

「當然會呀。她和嫡系本家的兄長處得不好。」

「還有嫡系本家？」

「本家在山丘上。您可以去遊覽一下。風景很漂亮喔。」

「喂，再給我抹一次肥皂好嗎？又開始痛了。」

「您的鬍子可真會痛。都是因為鬍子太硬了啦。您的鬍子三天就得刮一次才行。如果我替您刮都會痛，那您不管去哪家，都會受不了。」

「以後我會記得這麼做。不然每天來報到也行。」

「您打算逗留那麼久嗎？危險喔。我勸您還是算了吧。絕對沒好處。要是牽扯上麻煩，還不知道會有什麼下場喔。」

「怎麼說？」

「您別看那位小姐好像很漂亮，其實腦子有病喔。」

「何以見得？」

「這還用說，先生。村子裡的人都說她是個瘋子。」

「應該是哪裡有誤會吧？」

「可是，擺明了就有證據，所以您還是打消念頭吧。危險喔。」

「我倒是無所謂，但到底有什麼證據？」

「說來可怪了。哎，您先慢慢抽根菸聽我說。——要洗頭嗎？」

「頭不用洗了。」

「那我幫您把頭皮屑抓一抓吧。」

老闆那十根積滿汙垢的爪子，毫不客氣地放在我的頭蓋骨上，也沒打聲招呼就開始猛烈地前後移動。他的指甲，把黑髮一根一根撥開，宛如巨人的耙子迅如疾風地來來回回掃過不毛之地。我不知頭上到底有幾十萬根頭髮，但是所有的頭髮都被連根鏟起，剩下的地面條條紅腫，而且餘震通過地盤，從骨頭到大腦腦漿皆可感到震盪。老闆就是如此猛烈地抓我的頭。

「怎麼樣，舒服吧？」

「實在是辣腕。」

「啊？這樣做人人都會神清氣爽喔。」

「我的腦袋都快掉下來了。」

「這麼倦怠嗎？都是因為天氣太好了。一到春天，身體好像就特別慵懶——您先抽口菸嘛。一個人待在志保田家，想必很無聊吧？不妨來我這裡聊聊天。東京老鄉就是得和東京老鄉在一起才聊得來。怎麼樣，那位小姐可曾出面跟您打招呼？像那種捉摸不透的女人真是傷腦筋啊。」

「你在講小姐如何如何的時候，弄得頭皮屑亂飛，我的腦袋都快掉了。」

「沒錯，就是腦袋空空如也，所以說起來簡直沒完沒了——所以那個和尚就昏了頭……」

「那個和尚是哪個和尚？」

「就是觀海寺負責收帳的和尚嘛……」

「無論是收帳的還是住持，到目前為止的對話中一個和尚也沒出現過。」

「是喔，是我太性急了。那是個頗有陰鬱魅力，看起來就六根不淨的和尚，就是那傢伙愛上她，最後還寫了情書——咦，等一下。還是親口求愛呢？不，是寫情書。就是寫情書沒錯。結果——呃——情節發展好像有點怪怪的。嗯，我想起來了，果然如此。結果那傢伙大吃一驚……」

「是誰大吃一驚？」

「女方呀。」

「是女方收到情書大吃一驚啊？」

「她若是那種會吃驚的女人倒還楚楚可憐，問題是她根本不吃驚。」

「不然是誰吃驚？」

「是求愛的那方呀。」

「你不是說沒有求愛嗎？」

「哎喲，急死人了。我弄錯了。是收到情書。」

「那果然還是女方囉？」

「沒有，是男方。」

「若是男方，就是那個和尚囉？」

「對，就是那個和尚。」

「和尚為什麼吃驚呢？」

「還能為什麼，在正殿念經時，那個女人突然跑進來——嘻嘻嘻。不管怎麼看都是個瘋子。」

「後來出了什麼事嗎？」

「她說，既然覺得我那麼可愛，就當著菩薩面前一起睡覺吧——說完突然一口咬住泰安的脖子。」

「啊？」

「泰安很錯愕。寫情書給瘋子，出了那麼大的醜，最後，在那晚偷偷躲起來死掉了……」

「死了？」

「我想他應該死了吧。哪還有臉活下去啊。」

「那很難說。」

「也是啦，對方既然是瘋子，死了也不值得，所以他搞不好還活著。」

「挺有趣的故事。」

「這可不是有不有趣的問題，已經成了全村的笑柄了。唯有當事人，根本上就是瘋子，所以倒是坦然自若——哎呀，如果像您這樣清醒當然是沒問題，但對方可不是正常人，萬一牽扯不清出了什麼事，會很麻煩喔。」

「看來我得小心一點了。哈哈哈哈哈。」

帶有鹹味的春風，從溫暖的海岸輕柔吹來，倦怠地煽動老闆的門簾。燕子歪身掠過那下方的身影，翩然落入鏡中。對面那戶人家年約六十的老頭子蹲在簷下，正在默默挖貝殼。每當他用小刀喀擦一撬，就有紅色的貝肉躍入竹簍。空殼發出冷光，橫越六十幾公分的蒸騰熱氣飛往彼方。堆積如山的成堆空殼，不知究竟是牡蠣，蛤蜊，還是竹蟶？貝殼堆崩塌，有一些滑落砂川底部，自浮世的表層，葬送在黑暗的國度。被埋葬之後，立刻又有新的貝殼在柳蔭下堆積。老頭子無暇思考貝殼的下場，只是不斷把空殼朝熱騰騰的蒸氣上方拋過去。他的竹簍似乎是無底洞，他的春日看似無止盡地悠長。

砂川流過寬不足四公尺的小橋下，朝海邊潺潺流去春水。春水與春海匯合之處，參差晾晒著長約數公尺的漁網。穿過網孔吹向村子的軟軟薰風，令人懷疑正不斷帶來腥臭的微溫。其間，融化鈍刀，看似悠悠蕩漾的就是海的顏色。

這片景色與這位老闆實在不搭調。如果這位老闆的強烈人格帶給我的頭腦足以與四周風光抗衡的影響，那我站在兩者之間大概會有強烈的方鑿圓枘格格不入之感。幸好老闆並不是什麼偉大的英雄豪傑。就算他是道地的東京人，再怎麼盛氣凌人地放話，也無法與這種渾然浩蕩的天地壯大氣象匹敵。賣弄滿腹饒舌，一心只想打破這種調子的老闆，已早早化為微塵，浮游在怡然春光之中。所謂的矛盾，是存在於力度、分量，或是意氣、軀體水火不容，而且程度旗鼓相當的事物或人物之間才能發現的現象。當兩者的差距過於懸殊時，這種矛盾終將消磨殆盡，說不定最後反而成為大勢力的一部分跟著活動。所以才子成為大人物的左右手，愚者成為才子的股肱，牛馬成為愚者的心腹，就是這個原因。如今這位老闆以無限的春日美景為背景，演出某種滑稽。本該破壞悠然春意的他，反而增添了春日悠長之感。我不禁油然萌生三月中旬與悠哉的彌次[37]結伴同遊之感。這個異常庸俗的囂張人物，是具有太平氣象的春天最和諧的一抹色彩。

這麼一想，這個老闆也是相當能夠成詩、入畫的男人，所以本該離去的我，故意賴著不走繼續和他東聊西扯。這時一個小光頭鑽過門簾，說：

「不好意思，幫我剃個頭吧。」

他穿著白色棉衣，腰繫同樣布料的鋪棉腰帶，外面罩著粗糙似蚊帳的袈裟，是個看起來無憂無慮的小和尚。

「了念小師父。怎麼，上次在外面遊蕩，被大和尚罵了吧？」

「沒有，被誇獎了。」

「你出來跑腿，結果中途跑去抓魚，難道他還誇獎你了不起？」

37 彌次郎兵衛，十返舍一九的滑稽小說《東海道中膝栗毛》的主角之一。書中描寫他和喜多八結伴旅行時的沿路有趣經歷。

「師父是誇獎我，小小年紀就這麼會玩真令人佩服。」

「難怪你頭上腫了一個包。這麼凹凸不平的腦袋剃起來很麻煩啊。今天就放你一馬，下次先把腦袋弄平滑了再來。」

「與其重新弄平滑，我還不如另外找家手藝比較好的理髮店。」

「哈哈哈哈！腦袋瓜子雖然凹凸不平，嘴巴倒是挺厲害的。」

「手藝雖然不好，酒量倒是很厲害的是你吧。」

「胡說八道，什麼手藝不好……」

「不是我說的。是師父告訴我的。你別生氣嘛。都這麼大年紀了多丟人。」

「哼，沒意思——我說先生啊。」

「啊？」

「和尚這種人，是不是因為住在高高的石階上，無憂無慮，所以嘴巴自然變得特別厲害啊？連這種小和尚講起話來都得理不饒人——啊，頭稍微低一點——我叫你低一點——不聽我的，小心割到喔，不開玩笑，會流血喔。」

「好痛！你輕一點啦。」

「這點小痛都不能忍，怎麼當和尚啊。」

「我早就已經是和尚了。」

「還不成氣候呢。——對了，那個泰安為什麼會死掉，小和尚？」

「泰安師父沒有死。」

「沒有死？那就奇怪了。他應該死掉了才對呀。」

「泰安師父後來發憤圖強，去陸前的大梅寺潛心修行。現在應該快成為名僧了。真是太好了。」

「好什麼好。就算是和尚，也沒有半夜不告而別照樣過得好好的道理。你呀，可得小心一點。很多人就是敗在女色上——說到女人，那個女瘋子還去找大和尚嗎？」

「我沒聽說過什麼女瘋子。」

「跟你講不通啦，小禿驢。她到底有沒有去？」

「女瘋子沒來過，志保田家的小姐倒是會來。」
「就算她再怎麼找和尚求神拜佛也治不好瘋病。一定是上一代的老爺子陰魂不散。」
「那個小姐是了不起的女人。師父經常誇獎她。」
「一旦上了高高的石階，什麼都愛跟人唱反調，真是受不了。不管和尚怎麼說，瘋子就是瘋子。——好了，剃好了。快滾回去挨和尚罵吧。」
「不要，我要多玩一下再回去讓師父誇獎。」
「隨便你，你這個嘴巴厲害的小鬼。」
「呸！你這個乾屎橛。」
「你說什麼？」
小光頭已鑽過門簾離去，任由春風吹拂。

六

傍晚時我坐在桌前。紙拉門也敞著。旅館的人不多，而且房子特別大。我住的房間，被重重曲折的走廊隔開了館內本就只有寥寥數人的動靜，連聲音都不會干擾到我的思考。今天更是格外安靜。主人和女兒、女傭和男傭，似乎都在不知不覺間留下我一人離開了。若他們真的離開，想必也不是撤離到普通地方。八成是去了霧靄之地，雲煙之國吧。或者，尚未發現自己是幾時漂流在雲水自然相連，甚至懶得掌舵的海上，白帆已航行至海天一色之境，最後連白帆自己都無法將自己與雲水區隔——他們似乎就是遁入如此遙遠的地方。再不然就是猝然消失於春光中，以往的四大[38]，如今已成肉眼不可見的靈氣，在廣闊的天地間，即便借助顯微鏡之力也無法留下些許痕跡。抑或他們已化為雲雀，在啼盡油菜花的金黃後，去了暮色蒼茫紫

38 四大是指佛教認為構成一切物體的地、水、火、風四大元素。

靄氤氳之處。或者像吸血蠅完成將長日變得更長久的任務後，來不及吸取凝聚在花蕊上的甘露，便俯臥於萎落墜地的山茶花下，芬芳地長眠於世。總之非常安靜。

春風空洞地穿過空洞的房子，並非出於對迎接者的道義。也不是對拒絕者的嘲諷。它自來，它自去，只是公平的宇宙自然之意。托腮支頤的我，如果心靈也像我住的房間一樣空洞，春風想必也會不請自來，毫不客氣地穿過。

正因腳踩的是大地，才會擔心地面是否裂開。正因知道頭頂的是藍天，才會因閃電震動太陽穴而恐懼。紅塵俗世催促我們，若不與人競爭就毫無立足之地，因此難逃火宅[39]之苦。對於身在喧囂塵世，不得不冒險走過利害這條鋼索的我們而言，真實的戀情有害無益，肉眼可見的財富皆為糞土。可掌握的名氣與可奪取的聲譽，想必如同被聰明的蜜蜂視為甘釀而不惜捨棄蜂針的蜜汁。所謂的歡樂，乃因物質而產生，當然也會蘊含各種苦痛。唯有詩人與畫家，純粹是咀嚼這相對世界的精華，深知徹骨的清淨滋味。餐霞飲露，品紫評紅，至死無悔。他們的樂趣不在於玩物，而是徹底同化成那個物。一旦化為那個物，即便找遍茫茫大地也找不到標榜自我的餘地。於是可以自在地放下臭皮囊，把破斗笠翻過來盛裝無限清風。之所以苦心營造出這種境界，並非為了嚇唬市井之間的銅臭小兒，故作清高姿態。只不過是要宣揚箇中福音，招徠有緣眾生罷了。嚴格說來，所謂的詩境、畫界本為人人生來具足之道。饒是屈指計算春秋，為白頭呻吟之徒，當他回顧一生，依序檢閱個人經歷的波瀾起伏時，想必也能夠喚醒微微發光的臭皮囊裡，昔日那種忘我喝采的興致。如果聲稱做不到，那此人簡直白活一遭。

但我並不是說唯有即一事、化一物才是詩人的關注焦點。有時化為一片花瓣，有時化為一雙蝴蝶，有時或也會如華茲華斯[40]化為一簇水仙，任由心情被滋潤萬物的和風撩亂，也有時被莫名的四周風光吸引，卻連吸引自己的到底是什麼都無法明確意識。有人想必會說那是觸及天地正氣。有人或許會聲稱靈台方寸聽到無弦琴

39 火宅，佛教用語，將人世各種煩惱痛苦形容成正在被火焰吞噬的房子。

40 華茲華斯（William Wordsworth，1770-1850），英國浪漫詩人。漱石自學生時代便很喜歡這位詩人。一簇水仙是指他寫的詩〈水仙〉（The Daffodils）。

音。或許也有人因為難以理解，將之形容為徘徊無限之域，徬徨縹緲之中。總之要怎麼形容全憑個人自由。而我，此刻倚著紫檀木桌，內心茫然的狀態正是如此。

我顯然什麼事都沒想。也的確什麼東西都沒看。在我的意識舞台，沒有任何帶著鮮明色彩的東西活動，因此我甚至談不上與任何事物同化。但我正在動。不動於世間，亦非動於世外。只是自然而然地動著。不為花動，不為鳥動，也不為人動，只是心神恍惚地動著。

如果硬要叫我說明，我想說，我的心只是隨春天而動。我想說，敲碎一切的春色、春風、春物、春聲，揉成一團，練成仙丹，溶於蓬萊靈液，被桃源仙境溫煦日光蒸發的精氣，不知不覺滲入毛孔，令心靈在無意識中飽和。普通的同化很刺激。正因有刺激，所以才愉快吧。而我的同化，不確定是與什麼同化，所以沒有分毫刺激。正因為沒有刺激，所以有種深奧悠遠難以名狀的樂趣。那和被風捉弄掀起茫然微波的那種輕浮騷動之趣不同。或可形容為大陸與大陸之間，在看不見的數尋海底漂移的汪洋大海。只不過沒那麼有活力。不過那樣反而幸福。偉大活力的發現，往往伴隨著活力不知幾時會使用殆盡的隱憂。平凡的狀態反倒沒有這種煩惱。我一貫淡然的心情，在此刻的狀態下，不僅脫離了強烈的活力是否會消磨殆盡的憂慮，也脫離了平常心無可無不可的凡俗境界。「淡」只是代表難以捕捉，並不包含過於弱小之虞。「冲融」或「澹蕩」這類詩人用語，想必最能貼切道盡這個境界。

我在考慮不如將這境界入畫。但肯定不會成為普通的畫。我們俗稱的繪畫，只是將眼前的人事物依照本來模樣，或是用自己的審美眼光過濾後，轉移到畫布上。只要花看起來是花，水是水，人物是人物，似乎就覺得繪畫已盡其能事。如果再高出一截，在自己感受到的物象上，添加自己感受到的意趣，會讓畫面更淋漓生動。在自己捕捉到的森羅萬象中寄寓某種特別的感觸，就是這種技術家的主旨，因此他們看到的物象觀如果沒有明確在筆下迸發，就稱不上是作畫。自己親眼觀看事物，親身感受，那種觀看方式與感受方式，不是模仿前人也不受古老傳說的支配，而且如果不能在作品中展現更正確、更美的主張，就不配稱為自己的作品。

這二種創作家或許有主客深淺之別，但同樣都是等待外界明確的刺激才動手。

可我現在要描繪的題材，並不算明確。縱使我鼓舞有限的感覺，意外地物色到目標，但方圓之形、紅綠之色自不待言，就連濃淡陰影、粗細線條也不見得能發現。因為我的感覺並非來自外界，就算是，也並非橫亙在我視野中的固定景物，所以我無法明確告訴別人為什麼。我擁有的只是感覺。這種感覺，要如何表現才能夠變成一幅畫——不，如何將這種感覺借助具體的事物，令他人彷彿了解才是問題所在。

普通的畫就算沒感覺，只要有實物便可成為畫。第二種畫必須物與感覺並存。到了第三種畫，存在的唯有感覺，所以作畫時必須慎選適合這種感覺的對象。然而這個對象並不容易找到。就算找到也不容易統整。有時即便統整了，還是與自然界的原貌大異其趣。因此普通人看了不覺得那是畫。作畫者自己也不承認那是自然界的局部重現。但在感性上，只要能將當下的感受傳達出幾分，帶給觀者些許激勵生命的氛圍，就已經算是很成功了。我不知道自古以來是否有畫家在這項艱難事業獲得成績。若要舉出在某種程度上已略窺此派堂奧的畫家，那就是文與可[41]的竹子，雲谷[42]門下的山水。其次是大雅堂[43]的風景畫，蕪村的人物畫。至於西洋畫家，泰半著眼於具象世界，大部分不會為氣韻傾倒，因此能夠以此種筆墨傳達物外神韻者幾希矣。

最可惜的是雪舟[44]、蕪村等人致力描繪的某種氣韻，太過單純也太欠缺變化。就筆力而言，我當然比不上這些大師級人物，但我現在想畫的心情更複雜一些。正因複雜，好像無法將感覺盡收於畫面中。我不再托腮支肘，改將雙臂在桌上交疊思考，但我還是做不到。我必須畫出一幅有色彩、形狀、律動，可以讓自己的心當下意識到自己「啊，在這裡」的畫。就好像為了尋找失散的孩子，走遍六十餘州，無論清醒入睡都在時刻惦記，有一天在十字街頭驀然相遇，電光石火之間想到「啊，在這裡」。那很困難。只要能畫出這種調子，別人看了會怎麼說我都不在乎。就算批評這不是畫，我也無怨無尤。只要色調的搭配能代表我的心情一二，線

41 文與可（1018-1079），宋代畫家，別號笑笑先生、錦江道人。擅長山水畫，尤其是竹子。

42 雲谷等顏（1547-1618），安土桃山時代的日本畫家。繼承雪舟的遺址雲谷庵。雲谷派始祖。

43 大雅堂，即池大雅（1723-1776），江戶中期的南畫家。擅長文人畫。

44 雪舟（1420-1506），室町後期的畫僧。別號雲谷軒。將北畫派的水墨畫個性化，也畫花鳥裝飾畫。

條的曲直能夠表現這種氣氛的幾分，全體的配置能夠傳達這種風韻的些許，哪怕顯現於形體的是牛是馬，或者非牛非馬，甚至啥都不是，我也在所不惜。雖然在所不惜，但我就是畫不出來。我把寫生簿放在桌上，思考得兩顆眼珠子都快掉進簿子裡了，可我還是苦思無果。

我放下鉛筆思索。企圖把如此抽象的興趣入畫，基本上就錯了。人與人的差異沒那麼大，因此芸芸眾生中想必有人與我接觸過同樣的感興，肯定曾以某種手段嘗試將這種感興化為永久。若別人也嘗試過，那他們用的是什麼手段？

「音樂」二字頓時浮現眼前。的確，音樂想必就是在這種時候、這種必要下被迫產生的自然之聲。我這才發現，音樂是應該聆聽、應該學習的東西，不幸的是，我對音樂一竅不通。

其次是詩嗎？我試著踏入第三種領域探索。我記得萊辛[45]這個人曾主張，以時間的演變為條件所發生的事件，即為詩的特質，而且詩畫不一，各有不同的根本定義，但是如果這樣看待詩，我現在急著發表的境界也很難化為詩句。我感到喜悅的內心狀況，或許有時間，卻沒有事件內容足以沿著時間的演變次第展開。一去，二來，二消，三生，如此而已，根本不值得喜悅。打從一開始就深奧地把住同一處的意趣才值得喜悅。既已把住同一處，好吧，就算將之翻譯成普通用語，也未必需要按照時間順序來安排材料。想必還是和繪畫一樣按照空間性來分配景物才能做到吧。但是問題在於到底要將何種情景帶入詩中，去描寫這曠然無依的情景。如能捕捉到這個，就算不按照萊辛的理論，詩本身也可成功。管他荷馬如何、維吉爾[46]如何都不重要。如果詩適合呈現一種氛圍，即使這種氛圍受到時間限制，無法借助依序進展的事件，只要單純地符合空間性的繪畫條件，我想還是可以用文字描寫出來。

他人的理論無關緊要。我已把萊辛的美學論著《拉奧孔》忘得差不多，所以如

45 萊辛（Gotthold Ephraim Lessing，1729-1781），德國劇作家、評論家、詩人。德國啟蒙運動期文學代表人物。

46 維吉爾（Publius Vergilius Maro，70-19B.C.），被譽為羅馬的國民詩人。

果有人仔細考查，或許會覺得我的說法可疑。不過總而言之，既然無法作畫，那就轉而寫詩吧，我拿著鉛筆壓在寫生簿上前後晃動。好一陣子，我一心只想讓筆尖移動，它卻偏偏不肯動。就好像忽然忘記朋友的姓名，明明那個名字已湧到咽喉，可就是出不來。於是只好就此放棄，出不來的姓名，終於又沉落腹底。

好比煮葛湯時，起初湯汁清澈，筷子攪動起來很輕鬆。有耐心地繼續攪動後，湯汁終於有了黏性，攪動的手漸漸變得沉重。但還是堅持繼續攪動筷子，直到再也攪不動。最後鍋中的葛粉不等旁人要求就會主動爭相附著在筷子上。作詩正是如此。

毫無頭緒的鉛筆終於漸漸動了起來，我趁勢寫了二、三十分鐘後，

青春二三月。愁隨芳草長。閑花落空庭。素琴橫虛堂。蠨蛸掛不動。篆煙繞竹梁。

最後只得了這六句。我反覆重讀之下，發現每句皆可作畫。早知如此還不如一開始就畫畫。為何作詩比作畫來得容易？既然已寫出這些，之後應該不會太困難了。但我想接著吟詠一下畫不出來的情懷。我又左思右想了半天，最後終於寫出來了。

獨坐無隻語。方寸認微光。人間徒多事。此境孰可忘。會得一日靜。正知百年忙。遐懷寄何處。緬邈白雲鄉。

我從頭再看一次，雖然讀來有點意思，可是比起自己剛才進入的神境，好像還差了點什麼。乾脆趁著有靈感再作一首吧。我握著鉛筆，不經意往門口一看，一個美麗的身影，從敞開的紙門寬約一公尺的空間翩然閃過。奇怪了。

等我轉移視線注視門口時，那抹倩影已被拉開的紙門陰影遮去一半。而且那個影子似乎在我還沒看見前就已移動，當我驚鴻一瞥時她早已走遠。我索性丟下詩句緊盯著門口。

不到一分鐘後，影子又從反方向出現了。穿著寬袖和服的窈窕女子，悄無聲息，寂然走在對面二樓的簷廊。我不禁扔下鉛筆，為之屏息。

春日陰霾的天空，分分秒秒籠罩而來，在隨時會落雨的暮色欄杆邊，那款款而去，款款而回的和服身影，與我的房間隔著十公尺寬的中庭，在凝重的空氣中看似寂寥，忽隱忽現。

女人始終沒有開口。而且目不斜視。甚至連走過簷廊時衣襬拖地的聲音都置若罔聞，只是極為安靜地行走。她的腰部以下色彩鮮明，下襬好像染了什麼圖案，但是太遠了我看不清。只覺得那在底色與花紋之間自然暈開，就像白晝與黑夜的界線。女人本來就走在白晝與黑夜的界線。

拖著那麼長的袖子，她到底要在長廊來來回回走幾遍？我不懂。也不知道她是從幾時開始這不可思議的裝扮，持續這不可思議的步行。就連那個主意本身，都從一開始就令人費解。本來就費解的事，還如此端莊，如此肅穆，如此一再重複，當那身影在門口出現又消失，消失又出現時，我的感覺很異樣。如果她的作為是為了傾訴對春日逝去的怨恨，為何表現得蠻不在乎？若是蠻不在乎的作為，為何又要穿上如此華麗隆重的衣裳？

即將逝去的春色嬋娟美好，暫時在幽冥的入口妝點如夢似幻的色彩，其中最醒目的色彩是那金線織花錦緞腰帶嗎？華麗的錦衣往返於蒼茫暮色中，逐漸消失在幽靜的彼方。倒是頗有春夜的燦爛星斗在黎明將至時墜落深紫色天空底層的意趣。

當天界之門自動開啟，彷彿要將這華麗的身影吸入冥府時，我忽然心有所感。她這身裝扮本該背靠金屏風，面對銀蠟燭，過著春宵一刻值千金的絢爛生活，如今卻不喜不悲，與世無爭，逐漸淡出現實世界，就某種角度而言簡直是超自然的景象。遠眺那逐步逼近的黑影，只見女人態度肅然，不急不忙，不慌不亂，保持同樣的步調，似乎一直在同一處徘徊。如果她不知道即將降臨的災難，那她未免太天真。如果她知道卻不當作是災難，那更了不起。或許黑暗本來就是她的居所，只不過是將短暫的幻影收在本來的幽暗朦朧中，所以才能以如此沉靜的態度，逍遙於有無之間。女人穿的寬袖和服上的花紋紛亂消失，不容分說流入黑暗中後，也隱約揭露她的本性。

我還有另一種感想。假設一個美人恬然入睡後，始終無暇醒來，就這麼在迷夢之中嚥下最後一口氣，在枕畔看護的我們肯定會很難過吧。若是歷經各種痛苦掙扎才死去，了無生趣的當事人自然不消說，旁觀的親友或許也會認命地覺得殺了她才是慈悲。可是安然酣睡的孩子犯了什麼過錯非死不可？在睡夢中被帶去陰曹地府，等於是尚未做好死亡的心理準備就因突然的打擊喪失性命。反正都是要殺死對方，不如先讓對方認命地接受這是逃不掉的宿命，好好多念幾句經。如果還不具備死亡的條件，唯有死亡的事實明明白白確定時，還有餘暇聲聲念誦南無阿彌陀佛迴向功德，倒不如用那聲音大喊大叫，硬生生把一隻腳已經踏入陰曹地府的人叫回來。本來正不知不覺從打盹步向永恆長眠的人，或許會覺得被叫回人間很痛苦，就像是被硬生生纏上剛切斷的三千煩惱。或許會想，如果真的心懷慈悲就別叫我，讓我安安穩穩沉睡過去吧。但是，我們還是想呼喚對方。我心想，如果下次女人又在門口出現，那我就叫住她，把她從半夢半醒中解救出來吧。但是一看到那如夢般翩然經過一公尺寬門口的身影，我就忽然開不了口。當我下定決心下次一定要喊她之際，她已輕飄飄走過。為何我什麼都說不出口呢？這麼想時，女人又走過了。枉費這邊有人在偷看她，為了她憂心如焚，她卻絲毫不放在心上地飄然走過。很棘手也很可悲的是，打從一開始，她就沒把我這種人放在眼裡。就在我想著下次一定要、下次一定要開口時，再也受不了的雲層，終於嘩嘩落下迫不及待的雨絲，把女人的身影蕭蕭籠罩煙雨中。

七

好冷。我拎著毛巾去澡堂。

在一坪半的小房間脫下衣服，走下四級台階後，就來到四坪大的浴池。此地似乎石材豐富，地面鋪的是花崗岩，中央挖出深約一公尺有餘的凹槽，形成像豆腐店那樣的浴槽。雖說是「槽」，其實同樣是以石頭砌成。既然名為礦泉，想必含有種種礦物質成分，但水色透明，泡起來很舒服。偶爾含在口中也沒有特別的滋味或氣味。據說還可以治病，但我沒仔細問，不知究竟可以治療哪種病。我本來就沒有宿疾，因此並未想過溫泉的實用性價值。只是每次泡在水中，不免想起白居易的詩句「溫泉水滑洗凝脂」。聽到溫泉二字，必然會浮現這句詩呈現的愉快心情。而且我認為無法帶給我這種心情的溫泉完全沒有溫泉的價值。除了這個理想之外，我對溫泉別無所求。

我把整個身子浸在水中直至胸部。不知熱水是從哪湧出，一直清澈地溢出浴槽邊緣。春天的石頭永遠是潮濕的，很溫暖，踩在上面心情會很平和很愉悅。雨絲掠過黑夜的眼睛，有種悄悄潤澤春天的溫婉，但簷下的雨滴終於開始頻繁傳來滴滴答答的聲音。冉冉升起的蒸氣，從地板到天花板籠罩每個角落，彷彿只要有縫隙可鑽，就算是木紋的細孔也不放過。

清冷的秋霧，悠遠的霞靄，裊裊的人間炊煙，皆將縹緲的身影寄託於遼闊長空。雖有種種感時傷懷之情，唯獨被這春夜溫泉的蒸氣柔軟包裹沐浴過的肌膚時，我甚至懷疑自己是古代的男人。雖然蒸氣沒有濃厚到伸手不見五指，但也沒有淺淡到只要戳破一層薄絹便可輕易發現自己是凡夫俗子。戳破一層、二層、無數層也逃不出這重重煙霧，從四面八方將我一個人埋在溫暖的彩虹中。只聽過「醉酒」的說法，沒聽過「醉煙」這種說法。如果真有，當然不能用於霧，用於霞也太強烈了。唯有在這「靄」冠上春宵二字時，方才覺得妥貼。

我靠在浴槽邊仰起頭，盡量讓躺在透明熱水中的輕盈身體放鬆抵抗力飄然浮起。靈魂漂呀漂地如水母般漂浮。在社會上若也能保持這種心態該有多輕鬆。打開思辨之鎖，卸下執著之閂。隨他去吧！何不就此在溫泉中與溫泉同化。流動的生命永不痛苦。若能讓靈魂一同隨流水而去，會比成為基督的門徒更難能可貴。的確，如果這樣想，浮屍水面倒是很風雅。記得斯溫伯恩[47]的某首詩中，好像寫到女人欣

47 斯溫伯恩（Algernon Charles Swinburne，1837-1909），英國詩人、評論家。

然在水底死去的感覺。我平日最受不了米雷畫筆下的奧菲莉亞，可現在這麼觀察起來也變得美麗多了。過去我一直很疑惑為何偏要選擇那麼不愉快的場景描繪，然而現在我發現那果然可以入畫。無論是浮在水上，沉在水下，或者載浮載沉，保持那樣的姿態輕鬆漂流的場景肯定是美的。如果再於兩岸搭配各色花草，讓水色與漂流者的臉色、衣服顏色達成和諧的話，肯定可以成為一幅畫。但是漂流者的表情如果一派平和，那就幾乎成了神話或寓言了。痙攣的苦悶嘴臉固然會破壞整幅畫的精神，但毫無艷色的平靜臉孔也同樣顯不出世俗人情。究竟該畫什麼樣的表情才能成功？米雷的奧菲莉亞或許成功，但我懷疑他的精神是否與我相同。米雷是米雷，我是我，所以我想秉持我的興趣，畫一幅風雅的水中浮屍。但是我想要的臉孔似乎無法輕易浮現心頭。

我浸泡在熱水中，這次又想寫一首浮屍的讚美歌。

下雨會淋濕吧。

下霜會寒冷吧。
地下會黑暗吧。
要漂浮就在水上，
要沉淪就在水底，
沉浸春水應無苦楚。

當我在嘴裡小聲念誦、漫不經心漂浮時，不知從哪傳來彈奏三弦琴的聲音。若質問我不是美術家嗎？那我實在惶恐，坦白講，我對樂器方面的知識很貧瘠，管他是第二根弦升了一個音還是第三根弦降了一個音，在我聽來都差不多。不過，在這安靜的春夜，待在連下雨都能助興的深山浴池中，彷彿連靈魂都漂浮在春天的溫泉，能夠不負責任地聆聽遠方的三弦琴音，著實是人生一樂。遠處在唱些什麼、彈奏什麼我當然不知道。但其中彷彿自有情趣。從音色的沉穩觀之，想必是京都的琴師演唱當地歌謠使用的那種太棹[48]。

小時候，我家門前有間「萬屋」酒鋪，店裡有個女孩叫做阿倉。阿倉每到寧靜的春日午後，一定會練習長歌[49]。每當她開始上課，我就會去院子。前面是十坪多的茶園，三棵松樹在客房的東邊排排站。松樹是樹圍三十公分的大樹，有趣的是，三棵樹靠在一起，這才形成有意思的形狀。年幼的我只要看到松樹就覺得很愉快。松下有漆黑生鏽的鐵燈籠，不管幾時去看，都宛如不通人情的頑固老頭，端坐在不知名的紅石頭上。我最愛盯著這個燈籠。燈籠的前後，有不知名的春草自滿地青苔冒出，彷彿不識俗世紛擾，獨自散發青草香氣自得其樂。我在這片雜草中勉強找到容我屈膝的空間，往往就這麼蹲著不動。在這三棵松樹下，盯著這個燈籠，嗅聞青草香，聽著遠處阿倉吟唱的長歌，就是我當時每日必做的事。

阿倉如今想必早已過了新婚時代，變成黃臉婆坐在櫃台算錢。不知她與夫婿的感情如何？燕子年年歸來，啣泥的鳥喙，是否正忙碌築巢？燕子與酒香總是無法自想像中切割。

不知三棵松樹如今是否依然保有美好的模樣？鐵燈籠肯定早已壞了。春草可還記得昔日蹲踞其中的人？對於一個當時都沒有開過口的人，如今自然不可能認得出來。更不可能記得曾經聽過阿倉天天唱的「旅衣為鈴懸」[50]。

三弦琴的聲音意外在我眼前展開一幕活動畫景，正當我面對令人緬懷的過去，又變回二十年前那個頑劣小童時，澡堂的門突然被人拉開。

是誰來了？我浸在水中，唯有視線轉向門口。由於我把頭枕在浴池離入口最遠的地方，所以走下浴池的台階隔著五、六公尺的距離位於我的斜前方。但我抬起眼還是什麼也沒看見。過了一會只聽見環繞屋簷的排水管的滴水聲。三弦琴聲不知幾時已停了。

最後階梯上好像有東西出現。照亮寬敞澡堂的，只有一盞小小的吊燈，所以隔著這樣的距離，即便空氣清澈透明也難以辨識。更何況被大雨阻隔，今夜澡堂的濛

48 太棹，替淨琉璃表演伴奏用的三弦琴。琴身與琴弦較粗。另有中棹、細棹。
49 長歌，亦稱江戶長歌，以三弦琴伴奏的一種歌曲。
50 鈴懸是苦行僧穿在袈裟外的麻衣。此句乃長歌《勸進帳》的開頭第一句。

濛蒸氣根本無處可逃，實在不易確認對方是誰。除非對方走下一階，站在第二階，正面被燈光照亮，否則男女莫辨無從出聲招呼。

這時黑影往下移動了一步。腳踩的石頭看似柔軟如天鵝絨，若以腳步聲來判斷，甚至可以說根本沒有動。但輪廓終於稍微浮現。我是畫家，對於人體骨骼，自然在視覺方面格外敏銳。當那不知名的物體一動，我就已經醒悟自己是和女人獨處於澡堂中了。

我浮在水中思忖是否該出聲提醒對方時，女人的身影已在我眼前一覽無遺。滿室煙霧瀰漫，似乎每個細小分子都含有柔和光線，當我看著那團粉紅色暖意的後方，披散著如雲黑髮，將腰桿盡量打直的窈窕身影時，禮儀、規矩、風紀這些感覺通通被我拋諸腦後，我只是一心一意感到自己終於發現美妙的繪畫主題。

古希臘的雕刻姑且不論，可我每次觀賞當今法國畫家嘔心瀝血創作的裸體畫，總覺得畫家極力試圖描繪露骨肉體之美的痕跡太明顯，所以過去總是嫌棄那種畫欠缺氣韻，說什麼都無法接受。但我每次只是批判對方低俗，並不知道為何低俗，所以才會不自覺為了尋求解答煩惱到今天吧。如果遮住肉，就會掩藏美妙畫面。可是不遮又顯得猥瑣。當今的裸體畫，不只是將技巧停留在不遮掩的猥瑣，他們似乎覺得光是如實描繪脫下衣服的模樣還不夠，非要把裸體推向衣冠楚楚的世間。他們忘記穿上衣服才是人類的常態，試圖賦予裸體一切權能。本來十分就該足夠，非要使出十二分、十五分，無止盡地企圖強烈描繪出「這是裸體喔」的感覺。當技巧到達這種極端時，人往往會犯了強迫觀眾的毛病。面對美好的事物，非要處心積慮讓它顯得更美時，美好的事物往往反而會降低它的美感。俗諺有云滿招損謙受益正是這個原因。

安心與天真都是代表游刃有餘。遊刃有餘在詩、畫、文章，都是必須的條件。當代藝術的一大弊端，就是所謂的文明潮流無意義地驅策藝術人士，反而畫地自限動輒得咎。裸體畫想必正是最好的例子。都市有所謂的藝妓，出賣色相，靠著討好他人做生意。他們面對嫖客時，除了擔心自己的容貌在對方看來如何之外，不可能發揮任何表情。每年看到的美展目錄都充斥頗似這種藝妓的裸體美人。他們不僅時時刻刻無法忘記自己的裸體，而且全身肌肉躍躍欲試，極力試圖向觀眾展示自己的裸體。

此刻在我面前娉婷出現的倩影，沒有絲毫遮掩我這凡俗雙眼的東西。若說她那樣是常人脫下衣服的樣子，等於已將她打入凡間。應該說她是從雲端喚出的那一刻起就不知穿衣揮袖的神話時代人物才對。

滿室蒸氣在充滿室內後仍不斷湧現。春夜的燈光半透明地暈開，整個房間的霓虹世界濃密搖晃，一片朦朧，甚至令人懷疑頭髮是否為黑色，然後黑色暈開，雪白的身影逐漸自雲層底下浮現。看看那個輪廓啊！

脖頸輕盈地自兩方向內收縮，自然滑落肩頭的線條，豐潤且渾圓地彎曲，一路向下最後應會分為五指吧。隆起的雙乳下方，彷彿暫時退去的水波又圓滑隆起，展現安詳的腹部線條。緊繃的氣勢向後縮，氣勢的盡頭，分開的肌肉為了保持平衡稍微向前傾。反向承受的膝蓋這次重新打直，一路抵達彎曲的腳跟時，扁平的雙腳，把所有的糾葛輕易結束在二片腳底板。這是舉世最錯綜複雜的配置，也是舉世最統一的配置。如此自然，如此柔和，如此無抵抗，如此輕盈曼妙的輪廓絕對找不到第二個。

而且這個身影並未像普通裸體那麼露骨地強迫推到我眼前。一切都在化為幽玄的靈妙氛圍中依稀彷彿，只不過是將充分的美感含蓄地若隱若現。宛如在潑墨淋漓間點出片鱗隻爪，在紙筆之外想像虬龍之怪，具備了就藝術的角度看來非常完美的空氣、暖意，與幽渺的調子。如果說仔細描繪出龍身上每一片鱗片會淪為滑稽，不刻意打量赤裸裸的肉體方有令人神往的餘韻。當我看著這輪廓時，就像在看逃離桂都明月的嫦娥仙子，被彩虹追兵包圍一時進退兩難的模樣。

輪廓逐漸明朗浮現。只要再踏出一步，好端端的嫦娥恐怕就會可悲地墮落凡塵的剎那間，綠髮如破浪而來的靈龜尾巴興風作浪。白色身影劈開盤旋的煙霧衝上台階。女人尖聲嬌笑的聲音響徹走廊，逐漸遠離安靜的澡堂。我錯愕地吞了一口熱水，就這麼呆立池中。被驚起的水波湧向胸口。溢出池邊的溫泉水嘩嘩作響。

八

我受邀去喝茶。陪客之中有一名僧侶，據說是觀海寺和尚名叫大徹。還有一位俗家人士，是年約二十四、五歲的年輕男人。

老人的房間，就在沿著我房間的走廊向右走到底的左轉盡頭。房間大小約有三坪，中央放了一張巨大的紫檀矮桌，所以比想像中更狹仄。我朝對方叫我坐的位子一看，鋪的不是坐墊而是花毯。想來當然是中國貨。毯子中央隔成六角形，織出古怪的房屋與古怪的柳樹圖案，周圍是近似鐵灰色的藍色，四角染著裝飾唐草花紋的褐色圓圈。我懷疑這玩意在中國是否用於房間擺設，但這樣代替坐墊使用起來很有趣。正如印度的印花布或波斯掛毯之類的東西，有點樸拙之處正是價值所在，這種花毯的趣味也在它的大器。不只是花毯，所有的中國器具都很樸拙。怎麼看都是特別有耐心的人種才能發明的東西。看著看著忍不住發呆，這正是可貴之處。日本則是以扒手的態度創作美術品。西洋作品大而細緻，卻總是脫離不了俗氣。我先這麼想著就座。年輕男人與我並排，占據了一半花毯。

和尚坐在虎皮上。虎皮的尾巴經過我的膝旁，虎頭壓在老人的屁股底下。老人彷彿將虎頭的毛逐一拔下移植到自己的臉頰與下顎，留著滿臉的白鬍子，彬彬有禮地把放在茶托上的茶杯一一排放到桌上。

「今天寒舍難得有客人光臨，所以我想請各位品茶……」說著他扭頭面對和尚。

「哎，謝謝您的邀請。我也好久沒看到您了，所以今天正想來拜訪。」和尚說。這個和尚年近六十，圓臉，有著宛如草書大筆揮就的達摩容貌。看來應該是平日就和老人熟識。

「這位就是客人吧？」

老人頷首，拿起朱泥茶壺，往每個茶杯分別倒入兩三滴帶點翠綠的琥珀玉液。我感到一陣清香微微撲鼻而來。

「在這種鄉下，一個人一定很寂寞吧？」和尚立刻朝我發話。

「唔。」我含糊回應。若說寂寞，那是騙人的。若說不寂寞，又需要長篇大論的說明。

「沒那回事，大師。這位先生是來畫畫的，忙都忙不過來了。」

「噢，這樣子啊，那就好。也是南宗派[51]嗎？」

「不是。」這次我明確回答。就算說我畫的是西洋畫，這個和尚也聽不懂。

「不，是那種西洋畫。」老人身為主人，再次替我稍作回答。

「噢，是西洋畫啊。那麼，就像是久一先生畫的東西嗎？那個我之前才第一次見到，畫得倒是挺漂亮的。」

「哪裡，獻醜了。」年輕男人這時終於開口。

「你給大師看過嗎？」老人問年輕男人。無論就遣詞用字或態度看來，兩人好像是親戚。

「沒有，不是特地給大師看，只是在鏡池邊寫生時被大師撞見了。」

「嗯，這樣啊——來，茶倒好了，先喝一杯。」老人說著把茶杯放到每個人面前。茶的分量不過三、四滴，但茶杯非常大。濕土牆般的灰褐底色上，用焦褐的丹朱色與淡黃色，密密麻麻畫出不知是圖案還是花紋，甚至有點像鬼面具，乍看之下不知是什麼東西。

「這是杢兵衛[52]。」老人簡單說明。

「挺有趣的。」我也簡單讚賞。

「杢兵衛有很多贗品──請看杯底。有署名。」老人說。

我拿起杯子，朝紙門看去。紙門溫暖地映出葉蘭盆栽的影子。我歪頭湊近一看，的確可以看見小小的「杢」字。我不認為署名在鑑賞上有那麼重要，但好事者似乎特別在意這個。我沒把茶杯放下，直接送到嘴邊。將那濃郁芳醇、溫度適中的濃稠甘露一滴一滴滑落舌尖細細品味，是閒人最愜意的韻事。普通人只當作是喝茶，其實是錯的。輕輕滴在舌頭上，清冽的滋味向四方擴散後，幾乎沒有液體滑下

51 南宗派，以唐代王維為始祖的水墨畫流派。多半是文人，因此也指文人畫。

52 青木木米（1767-1833）做的陶器。木米通稱木屋佐兵衛，是京都的陶匠。

咽喉。只有馥郁的氣味從食道緩緩滲入胃中。動用牙齒會流於鄙俗。水太輕了。至於玉露，已濃郁得脫離淡水之境，渾然不知足以令下顎疲乏的硬度。這是極品飲料。如果有人抱怨失眠，就算不睡，我也想建議對方喝茶。

老人不知幾時端出了青玉製成的點心盤。能將這麼大塊的玉雕刻得這麼薄透，這麼規律有序，我認為工匠的手藝值得驚嘆。對著光透視，彷彿春天的日光全盤射入，就此迷失方向、失去逃出之路。盤子裡最好什麼也不放。

「這位客人已經鑑賞過青瓷，所以今天我想展示一下其他收藏，特地取出這個。」

「哪個青瓷——嗯，是那個點心碟嗎？那個我也喜歡。對了先生，西洋畫也可以畫在紙拉門上嗎？如果可以的話我想拜託您畫一幅。」

要畫也不是不可以，就是不知這個和尚是否會滿意。萬一我辛辛苦苦畫好了，他才跟我說西洋畫就是不行，那我豈不是白費工夫。

「恐怕與紙拉門不搭調吧。」

「不搭嗎？也對，如果像上次久一先生畫的那樣，或許的確有點太花俏了。」

「我的畫不行啦，那根本是塗鴉。」年輕男人頻頻羞愧地謙遜。

「那個叫什麼的池子在何處？」我向年輕男人打聽，以備哪天心血來潮去逛逛。

「就在觀海寺後面的山谷，是很幽靜的場所。——說來不值一提，因為我在學校時學過，所以只是為了打發時間才畫兩筆。」

「你說的觀海寺是……」

「他說的觀海寺，就是我的地盤。是個好地方喔，可以放眼俯瞰大海——在您逗留期間不妨來參觀一下。放心，距離這裡只有五、六百公尺。從那個走廊，您瞧，不是可以看見寺院的石階嗎？」

「我隨時可以去拜訪嗎？」

「那當然，我都在。這裡的小姐也常去。——說到小姐，今天好像沒見到那美小姐——她怎麼了？老太爺。」

「大概出門去了吧。久一，她沒去找你嗎？」

「沒有，她沒來。」

「八成又自己去散步了吧。哈哈哈！那美的腳力很好。上次我去礪並辦法事，在姿見橋那裡——我正覺得前面那人很像她，結果果真是她。她把衣襬撩起掖在腰間，穿著草鞋，劈頭就對我說，大師，您在這兒磨蹭什麼，要上哪去？可把我嚇了一跳，哈哈哈哈！我反問她那副打扮到底跑到哪去了，她說剛去採山芹回來，還說要分給我一點，突然就把沾滿泥巴的山芹塞到我袖子裡，哈哈哈哈！」

「不好意思……」老人苦笑，突然站起來，「其實我打算讓您看看這個。」說著又把話題扯回收藏品。

老人從紫檀書架恭恭敬敬取下的織花緞面舊袋子，看起來好像很沉重。

「大師，您看過這個嗎？」

「那到底是什麼？」

「是硯台。」

「噢？什麼樣的硯台？」

「據說是山陽[53]的珍藏……」

「沒有，這我倒是沒見過。」

「還附帶春水[54]的蓋子替換……」

「那好像也沒見過。我瞧瞧。」

老人小心翼翼解開緞面袋子的袋口，紅豆色的方形石頭倏然露出一角。

「顏色很好。是端溪硯嗎？」

「是端溪硯，有九個鴝鵒眼[55]。」

「九個？」和尚似乎大為心動。

「這就是春水的蓋子。」老人說著給他看絲綢包裹的薄硯蓋。上面是春水親筆寫的七言絕句。

53 賴山陽（1780-1832），江戶後期的儒學家。
54 賴春水（1746-1816），賴山陽之父，廣島藩的儒學家。
55 鴝鵒眼，端溪硯表面的花紋，是白、黃、紅色大大小小的圓形石眼。形似鴝鵒（八哥）身上的白點。

「原來如此。春水寫得好。雖然寫得好，書法還是杏坪[56]更高明。」

「還是杏坪比較好嗎？」

「山陽好像是最差的。他雖是才子卻很俗氣，一點意思也沒有。」

「哈哈哈哈！我知道大師討厭山陽，所以今天事先就把山陽的掛幅換下來了。」

「真的？」和尚轉身向後看。壁龕鋪著鏡板，像鏡子一樣擦得晶亮，放了外型模仿中國古董的青銅花瓶，瓶中插有六十幾公分高的木蘭。掛軸是以發光的古舊金線織花錦緞精心裝裱的徂徠[57]大幅作品。雖非絹底，但多少已有點年頭了，所以字的巧拙姑且不論，紙張的顏色和周圍裱褙的布料相當協調。那種織花錦緞剛剛織好時，想必沒有那麼古色古香，可是色彩褪去，金線發黑，華麗的外表磨損後，反而凸顯出典雅的味道，才能搭配得那麼和諧吧。焦茶色的砂壁，襯托得白色象牙卷軸格外鮮明，除了前方那瓶木蘭向兩旁伸展的枝椏柔和地浮現，壁龕整體的韻味太過沉靜反而顯得陰森。

「是徂徠嗎？」和尚仰著頭說。

「您或許也不太喜歡徂徠，不過我想總比山陽好。」

「徂徠比山陽好太多了。享保年間的學者就算字寫得不好，至少還算有氣節。」

「如果廣澤[58]是日本的書法大家，那我就等於是漢人的拙劣寫手——這句話就是徂徠說的吧？大師。」

「我不知道。我那筆字還不足以如此狂傲，哇哈哈哈！」

「對了大師，您是跟誰習的字？」

「我嗎？禪僧不看書也不習字喔。」

「可是，總有個學習對象吧？」

「年輕的時候學過一點高泉的字。就只有這樣。不過有人來求字時我隨時可以寫。哇哈哈哈哈！對了，那個端溪硯給我看一下。」和尚催促。

56 賴杏坪（1756-1834），賴春水之弟，江戶後期安芸（廣島）的儒學家。

57 荻生徂徠（1666-1728），江戶中期的儒學家。

58 細井廣澤（1658-1735），江戶中期的儒學家、書法家。門下弟子輩出。

錦緞袋子終於拿掉了。舉座的視線都落在硯台上。厚度約六公分，所以等於比普通硯台厚了一倍吧。寬十二公分長十八公分，可以算是普通尺寸。蓋子直接用松樹皮磨去鱗紋製成，上面用朱漆寫了二個我看不懂的字體。

「這個蓋子，」老人說。「這個蓋子，不是普通蓋子，所以如您所見，雖然的確是松樹皮……」

老人的眼睛看著我。但松皮蓋子不管有什麼典故，身為畫家的我都不太欣賞，因此我說，

「松皮蓋子有點俗氣。」

老人像要叫我別說了似地舉起手，

「如果只是松皮蓋子，的確俗氣，但這個不同。這是山陽在廣島時剝下院子那棵松樹的樹皮親手製成的。」

原來如此，我心想，山陽果然是個庸俗的男人，於是我毫不客氣地反駁，

「既然要自己製作，應該做得更樸拙一點才對。好像犯不著故意把這鱗紋的部

分磨得如此光滑吧。」

「哇哈哈哈！就是啊，這個蓋子看起來太廉價了。」和尚當下贊同我的意見。

年輕男人憐憫地看著老人的臉。老人有點不高興地拿開蓋子。底下終於露出硯台的廬山真面目。

如果這個硯台有足以令觀者瞠目的特異之處，大概就是工匠在表面雕刻的圖案了。中央有塊如懷錶那麼大的圓形，雕得與硯台邊緣差不多高，這是蜘蛛的背部。從中央朝四方彎曲伸出八隻腳，腳尖各自抱著鴝鵒眼。剩下一個鴝鵒眼在背部中央，看似滴下黃汁般暈開。除了背部、腳與邊緣，其他部分幾乎都挖空三公分深。裝墨汁的地方想必不是這個塹壕的底部。就算注入一合的水，也不夠填滿這個深度。想來應該是從水盆用銀杓舀起一滴水，滴在蜘蛛背上，然後再用珍貴的墨條研磨吧。否則徒有硯台之名，其實只不過是文具裝飾品。

老人垂涎欲滴地說：

「請看這紋理，還有這鴝鵒眼。」

的確，這顏色越看越有味道。如果在那帶著清涼潤澤感的表面輕呵一口氣，水氣八成會立刻凝結，形成一朵雲吧。尤其驚人的是鴝鵒眼的色澤。與其說是鴝鵒眼的色澤，更像是在石眼與底色的交接處逐漸變換色彩，肉眼甚至完全看不出是幾時變色的。若要形容，大概就像是在紫色的蒸羊羹深處，將扁豆鑲嵌在隱約可見的地方。說到鴝鵒眼，只要能有一兩個就會受到異常重視。多達九個更是幾乎前所未見。而且九個石眼是以等距離排列，彷彿是人工製造，也難怪會被稱為天下第一的珍品。

「原來如此，的確精彩。不只是看起來舒服。這樣摸起來也很愉快。」說著，我把硯台交給身旁的年輕男人。

「久一看得懂那種東西嗎？」老人笑問。久一有點自暴自棄，

「我當然不懂。」

雖然他憤憤放話，但他或許察覺把看不懂的硯台放在自己面前打量太浪費，於是又拿起來還給我。我又仔細撫摸了一遍後，最後才恭恭敬敬還給和尚。和尚牢牢

捧在手心看了半天後，似乎還覺得看不夠，毫不客氣地拿灰色僧袍的袖子摩擦蜘蛛背，頻頻玩賞發出光澤的地方。

「老太爺，這個顏色實在是好啊，您用過嗎？」

「沒有，我不捨得隨便用，所以買來至今還沒用過。」

「我想也是。這種東西即便在中國也很珍貴吧？老太爺。」

「是啊。」

「我也想要一個。乾脆拜託久一先生吧。拜託，你幫我買一個好嗎？」

「嘿嘿嘿嘿。恐怕還沒找到這種硯台，我就先死了。」

「現在的確不是談硯台的時候。對了，你幾時出發？」

「兩三天之內出發。」

「老太爺。您就送他到吉田嘛。」

「若是平時，我年紀大了，肯定不會這麼做，不過今後說不定沒機會再見面，所以我也正打算送他一程。」

「伯父不用送我沒關係。」

看來年輕男人是這個老人的侄子。難怪兩人長得有點像。

「沒事，就讓老太爺送吧。反正坐船去容易得很。對吧，老太爺？」

「對，如果走山路會很辛苦，但是坐船的話就頂多繞點路……」

年輕男人這次沒有推辭。只是默不吭聲。

「要去中國那邊嗎？」我隨口問了一下。

「對。」

我對他這簡短的一字答覆有點不滿足，但是也沒必要追根究柢所以就算了。看看紙拉門，蘭草的影子已稍微偏移了位置。

「沒什麼，我告訴您吧。還不是因為這次戰爭——他本來就是志願兵，所以受到徵召。」

老人代替當事人，告訴我青年不日即將出征滿洲的命運。在這個如詩如夢的春日鄉里，我一心以為只有鳥會啼，花會落，溫泉會湧現，實則大錯特錯。現實世界已翻山越海，迫近這只有平家後裔[59]隱居的古老孤村。染紅朔北曠野的血海，他日說不定有數萬分之一是從這個青年的動脈噴出。搞不好會從這個青年腰上掛的長劍尖端化為血霧揮灑。但這個青年，此刻坐在除了做夢之外對人生找不到任何價值的一介畫家身旁。二人挨得很近，如果豎起耳朵甚至可以聽見胸口的心跳聲。在那心跳之中，說不定現在早已響起席捲百里平野的高潮。命運之神只是猝然讓二人共聚一堂，除此之外什麼也沒說。

九

「你在看書嗎？」女人說。

回到房間後，我把綁在折疊椅上帶來的書籍抽出一本正在閱讀。

「請進。沒關係。」

59 源平一役戰敗後的平家餘黨，據說為躲避追兵隱居於鄉間深山，在各地都有類似的傳說。

女人毫無顧忌，大剌剌地走進來。暗色的假領片中，鮮明地露出形狀優美的頸子顏色。女人在我面前坐下時，頸子和假領片的對照首先映入眼簾。

「是西洋書嗎？想必內容很艱深吧？」

「不會。」

「不然書裡寫些什麼？」

「這個嘛。其實我也不太清楚。」

「呵呵呵。所以你正在鑽研嗎？」

「不是鑽研。只是在桌上這樣攤開，隨便看看攤開的這一頁。」

「那樣有趣嗎？」

「那樣很有趣。」

「為什麼？」

「這還用說嗎，小說這種東西，就是要這樣閱讀才有趣。」

「你可真是怪人。」

「對，是有點怪。」

「從第一頁開始看為什麼就不行呢？」

「如果非得從第一頁開始看，不就得看到最後一頁為止嗎？」

「好奇怪的論調。看到最後一頁又有什麼不好？」

「當然沒什麼不好。如果想看故事情節，就連我也會這麼做。」

「不看故事情節要看什麼？除了故事情節之外還有什麼可看的？」

我心想，女人果然就是女人。我忽然想考驗她一下。

「妳喜歡小說嗎？」

「我嗎？」女人停頓了一下，然後才含糊回答：「這個嘛……」看來好像不太喜歡。

「是喜歡還是討厭，恐怕自己也不知道吧？」

「小說那種東西看不看都一樣……」她的眼神顯然完全不認同小說的存在。

「那麼，就算從頭看起，或是從結尾看起，或是隨便翻開一頁隨便看，又有什麼關係？妳又何必覺得不可思議？」
「可是，你和我不同。」
「哪裡不同？」我盯著女人的眼睛。我要考驗的就是這裡，但女人的雙眸文風不動。
「呵呵呵呵，你不懂嗎？」
「不過，妳年輕的時候應該看過不少書吧？」我放棄直來直往的攻勢，稍微迂迴而行。
「我以為自己現在也很年輕呢。真可憐。」放出去的老鷹又偏離了軌道沒抓到獵物。真是片刻都不能大意。
「只有老人才會在男人面前講那種話喲。」我總算又把話題拉回來。
「你自己不也年紀不小了？就算年紀那麼大，還是滿口情呀愛呀長青春痘什麼的，那樣子有趣嗎？」
「對，很有趣，到死都很有趣。」

「是嗎？所以才會成為什麼畫家吧。」

「沒錯。因為是畫家，所以沒必要把小說從頭看到尾。不過，無論看哪一段都很有趣。和妳說話也很有趣。我甚至巴不得在此停留期間天天跟妳聊天。就算愛上妳也行。那樣會更有趣。不過縱然再怎麼迷戀妳也沒必要與妳結為夫妻。唯有在愛上了就必須結為夫妻時，才有必要把小說從頭看到尾。」

「如此說來，愛人的方式不講人情才算是畫家囉？」

「不是不講人情。是愛人的方式非人情。小說也要以非人情的方式去閱讀，情節根本不重要。像抽籤一樣，啪地隨手一翻，翻到哪裡就看哪裡，這樣子才有趣。」

「原來如此，聽起來的確有趣。那麼，把你現在正在看的部分說給我聽聽。我想知道出現了什麼樣的有趣內容。」

「不能說。就像畫也是，說出來就一文不值了。」

「呵呵呵呵，那你念給我聽。」

「用英語嗎？」

「不，用日語。」

「用日語朗讀英語內容太困難了。」

「有什麼關係，那樣才非人情。」

我認為這倒也是一種樂趣，於是應她所請，開始用日語斷斷續續朗讀那本書。如果世界真有非人情的閱讀方式，肯定就是這樣。聆聽的女人當然也是以非人情的態度聆聽。

「從女人那裡吹來溫情之風[60]。從聲音，從眼睛，從肌膚吹來。被男人攙扶走到船尾的女人，是為了眺望傍晚的威尼斯嗎？攙扶的男人是為了讓閃電般的熱血在自己的血管沸騰嗎？——因為非人情，所以我念得很隨意。或許處處皆有遺漏。」

「無所謂。視你的需要添加亦無不可。」

「女人與男人並肩倚靠船舷。二人之間的距離，比被風吹起的緞帶寬度還窄。女人與男人一同向威尼斯告別。威尼斯的道奇宮殿如今宛如第二次日落，帶著微紅的光暈逐漸消失……」

「道奇是什麼？」

「是什麼都不重要。那是以前威尼斯統治者的名字。不知傳承了多少代。那座宮殿至今仍在威尼斯。」

「那麼男人和女人又是誰？」

「我也不知道他們是誰。所以才有趣呀。之前的關係壓根不重要。就像妳和我，現在這樣在一起的當下這一刻才有趣味。」

「是這樣嗎？他們聽起來好像是在船上。」

「管他在船上或山上，反正書上怎麼寫妳就怎麼聽。如果非要追問究竟那就變成偵探了。」

「呵呵呵，那我不問就是了。」

60 這段是出自喬治．梅瑞狄斯的小說《比尤坎普的職業》（*Beauchamp's Career*）第八章「亞得里亞海的一夜」。

「一般小說全是偵探發明的。因為沒有非人情的部分，所以一點趣味也沒有。」

「那我就繼續聽非人情的下文吧。後來呢？」

「威尼斯沉沒，再沉沒，最後只剩下劃過天空的一抹淡淡線條。線條斷了，變成點。蛋白石似的天空中有圓柱到處聳立。最後連最高的鐘樓也沉沒了。女人說，沉下去了。離開威尼斯的女人心情自由如風。可是隱沒的威尼斯，帶給不得不再次歸來的女人羈絆的苦悶。男人與女人望向黑暗的海灣。星星越來越多。溫柔蕩漾的海面沒有濺起泡沫。男人拉起女人的手，彷彿握住鳴響不已的琴弦……」

「聽起來好像也沒有那麼非人情嘛。」

「哪裡，這還是能夠用非人情的方式傾聽的。不過如果妳不喜歡，我可以稍微省略。」

「沒事，我無所謂。」

「我比妳更無所謂。——然後，呃，內容變得有點艱澀了。該怎麼翻譯——唉，很難讀。」

「如果不好讀，就跳過吧。」

「好，那我就馬虎著讀。──女人說僅此一夜。一夜？男人問。只限一夜太無情了，不如多幾夜吧。」

「這是女人說的還是男人說的？」

「是男人說的。女人應該不想回威尼斯吧。所以男人才這樣安慰她。──在深夜的甲板上枕著纜繩躺臥的男人，記憶在那一瞬間，宛如一滴熱血的瞬間，牢牢抓住女人那隻手的瞬間，如驚濤駭浪起伏。男人仰望黑夜，同時下定決心，一定要把女人救出被迫結婚的深淵。如此下定決心後，男人閉上眼──」

「女人呢？」

「女人彷彿迷失方向，卻不知自己誤入何處。彷彿被擄向天空的人，只有滿心的不可思議──接下來有點不好讀。無法組成句子。──只有滿心的不可思議──好像缺少動詞。」

「何必放什麼動詞？那樣就足夠了。」

「啊？」

轟隆一聲，滿山的樹木亂響。我們不禁面面相覷，頓時桌上小花瓶插的山茶花開始簌簌搖晃。

「地震！」女人小聲叫喊，屈膝靠近我的桌子。我倆的身體幾乎相互廝磨。一隻雉雞吱吱尖叫從竹林振翅飛起。

「是雉雞。」我看著窗外說。

「在哪裡？」女人歪倒的身體靠過來。我的臉與女人的臉幾乎貼在一起。女人細小的鼻孔噴出的呼吸掠過我的鬍子。

「非人情喔。」女人頓時端正姿勢，一邊冷然說道。

「那當然。」我不假思索回答。

岩石凹陷處的一汪春水受到驚嚇，遲鈍地緩緩晃動。地底岩盤的鳴動，令滿泓池水自水底掀起波濤，卻僅在表面畫出不規則的曲線，並沒有任何破碎之處。若有「圓滿而動」的說法，想必適用於這個場合。靜靜在水面落下倒影的山櫻，隨水忽伸忽縮，忽彎忽扭。然而有趣的是，不管如何變化，還是分明保有山櫻的姿態。

「這倒是很愉快。美麗又變化多端。不這樣動就沒意思了。」

「人如果也是這樣動，肯定怎麼動都沒問題。」

「如果不是非人情，就無法這麼動喔。」

「呵呵呵呵，你可真喜歡非人情。」

「妳應該也不排斥吧？就像昨天的寬袖和服……」我說到一半，

「那你要給我一點獎勵。」女人忽然向我撒嬌。

「為什麼？」

「是你說你想看，我才特地穿給你看的。」

「我有嗎？」

「聽說翻山越嶺而來的畫家先生特地這麼拜託茶店的阿婆。」

我一時之間不知該如何回答。女人當下又說，

「這麼健忘的人，就算真誠對待也是白費心意。」這句話似嘲諷，似埋怨，又

好似迎面射來的第二箭。局勢漸漸於我不利，卻不知該在哪裡扳回局面，一旦被對方制敵機先，再難找到可趁之機。

「那麼昨晚在澡堂，也是完全出於親切嗎？」我總算在危急關頭振作了。

女人緘默。

「真對不起。那我送點東西聊表心意吧。」我盡可能地搶先說。儘管如此並沒有占到任何便宜。女人不以為意地眺望大徹和尚的匾額。最後，

「竹影拂階塵不動。」

她在口中靜靜念完後又轉身面對我，但她忽然像是想起什麼，

「你剛才說什麼？」

她故意大聲問。我才不吃那一套。

「剛才我見到那個和尚了。」我像被地震晃動的池水般做出「圓滿而動」的回應。

「觀海寺的和尚嗎？他很胖吧？」

「他叫我在紙門上畫西洋畫。禪宗和尚好像總愛說些莫名其妙的話。」

「就因為那樣，才會那麼肥胖吧。」

「另外，我還見到一個年輕人……」

「是久一吧？」

「對，就是久一君。」

「你知道的真多。」

「哪裡，我只知道他是久一君。除此之外什麼也不知道。因為他好像不愛說話。」

「怎麼會，他是不好意思。因為他還是個孩子……」

「孩子？他不是跟妳一樣大嗎？」

「呵呵呵，是嗎？他是我的堂弟，這次要去戰地，所以來辭行。」

「他住在這裡嗎？」

「沒有，他住在我哥哥家。」

「那麼，他是特地來喝茶的？」

「比起喝茶他更愛白開水。其實我父親可以不用叫他來，卻偏要喊他，他肯定跪坐得兩腳發麻很困擾。如果我在場，早就叫他回去了……」

「當時妳去哪裡了？和尚還問起妳喔，說妳是不是又一個人去散步了。」

「對，我在鏡池邊繞了一圈。」

「那個鏡池，我也想去……」

「你去吧。」

「那是適合畫畫的地方嗎？」

「是適合跳水自殺的地方。」

「我暫時還不打算自殺。」

「我說不定近日之內就會自殺。」

以女人而言這個玩笑太大膽了，所以我猛然抬起頭。女人意外冷靜。

「我投水自殺浮屍的樣子——不是痛苦掙扎的樣子——是安詳死去浮屍水面的

樣子——請你畫成美麗的圖畫。」

「啊？」

「嚇到了，嚇到了，嚇到你了吧？」

女人翩然起身。走出三步就到的房門口時，扭頭對我嫣然一笑。我茫然良久。

十

我來到鏡池。沿著觀海寺的小路，從杉林走下山谷，還沒爬上對面的山，路就一分為二，自動圍繞鏡池。池畔有很多山白竹。有些地方的竹子甚至是左右交錯叢生，經過時幾乎不可能不發出聲音。從樹木之間看過去，可以看到池水，但是始於何處終於何處必須先繞過去才知道。走過去一看，池子意外地小。恐怕不足三公頃。只是形狀非常不規則，到處皆有岩石自然橫臥水畔。邊緣的高度，也像池子的形狀難以名狀，隨著水波拍岸，不規則地呈現各種起伏。

池邊有很多雜樹。數不清有幾百棵。其中，也有的尚未萌生春芽。枝葉較不茂密處，依然可以照到和煦的春陽，甚至長出了雜草。草叢之間隱約可見堇菜的稀疏淡影。

日本的堇菜彷彿在沉睡。與西方人用來形容它的那句「宛如天外奇想」並不吻合。這麼一想，我頓時駐足。一旦停下腳，可以在原地待到厭煩為止。能夠這樣做的，是幸福的人。如果在東京做出這種舉動，立刻會被電車輾斃。不被電車輾斃也會被警察驅趕。都市就是把安分的老百姓當成乞丐，付給宛如扒手老大的偵探高額月薪的地方。

我一屁股坐在如茵綠草之上。若是這裡，就算坐上五、六天不動，也不必擔心有誰抱怨。大自然的可貴就在於此。雖然發生天災時毫不容情也不留戀，但絕對不會露出看人下菜碟的那種輕薄態度。不把岩崎和三井那些大財團放在眼裡的人比比皆是，可是能夠冷然將古今帝王的權威等閒視之的恐怕只有大自然。大自然的德行高高超越紅塵俗事，無邊無際地樹立絕對的平等觀。與其和無聊的世人為伍徒然招惹泰門[61]之怒，不如滋蘭九畹，樹蕙百畝，獨自坐臥其間方為上策。世人總是喜歡講求公平、無私。如果真有那麼重要，何不日屠千名小賊，將他們的屍首充作滿園花草的肥料。

思緒好像落入理性的窠臼變得很無趣。我可不是為了提煉這種中學程度的感想才專程來到鏡池。我從袖子掏出香菸，點燃火柴。雖有手感卻不見火光。我把敷島香菸湊到嘴邊一吸，煙從鼻子冒出。原來如此，我這才發現確實吸到了香菸。火柴在短小的菸草中，冉冉冒出宛如雨龍的細煙，旋即寂滅。我變換位置，漸漸來到水邊觀看。草地自然延伸至池中，我在雙腳幾可浸到溫暖池水的地方駐足，低頭窺探水中。

就目光所及之處看來水並不算深。沉在水底的細長水草已經往生。除了「往生」我不知該如何形容。若是山丘的芒草，會懂得迎風搖曳。若是水中的水藻，

61 泰門（Timon），莎士比亞的作品《雅典的泰門》的主角，本來是富有而仁慈的雅典貴族，後因受到眾人阿諛欺騙散盡千金變得憤世嫉俗。

會等待水波的款款邀約。可是等待百年也文風不動一直沉在水底的水草，蓄勢待發，不分朝夕，在被人撥弄的期待中度過，等了又等，將一代又一代的思緒蘊藏在莖端，至今依然動彈不得，卻又似乎只能半死不活地挨著。

我站起來，從草中撿了二枚大小適中的石子。就當作是做善事，朝前方拋出一枚。水面咕嚕咕嚕冒出二個水泡，旋即消失了。旋即消失了，旋即消失了，我在心裡反覆說。放眼望去，約有三莖長髮似的水草正在水中慵懶搖曳。彷彿害怕被發現，混濁的池水自底下湧來掩藏。南無阿彌陀佛。

這次我心一橫，死命往中央拋。撲通響起低微的一聲。我對安靜的水面置之不理。也不想再丟石子了。我放下畫具箱與帽子逕自向右轉。

我踮腳向上走了三、四公尺。頭上有大樹亭亭籠罩，身體忽然發冷。對岸的陰暗處有山茶花綻放。山茶的葉子太綠，即便白天在陽光下看到，還是毫無輕快感。尤其這山茶樹長在岩石角落後方五、六公尺外，安靜地叢生在如果沒有開花還真不會注意到的地方。說到那個花！就算數上一整天也絕對數不完。但那種鮮豔只要看到了一定會想計數。純粹就只是豔麗，毫無明朗之感。彷彿倏然燃燒，教人忍不住被吸引，之後又感到莫名地驚心動魄。從未見過那麼唬人的花。每次看到深山的山茶花我總會聯想到妖女的風姿。她用烏溜溜的黑眼珠引人上鉤，不知幾時，嫣然將毒素吹進血管。等你醒悟自己受騙時已經太遲。對面的山茶花映入眼簾時，我心想，唉，早知道就不看了。那個花的顏色可不是普通的紅。在醒目的絢麗背後，帶有難以言喻的沉鬱氛圍。悄然萎靡的雨中梨花，只會惹人憐。冷豔的月下海棠，只令人感到可愛。然而山茶花沉鬱的調子截然不同，那是黑暗、有毒氣、帶有可怕味道的調子。雖擁有這種調子的基底，表面上卻裝得一派絢爛豔麗。而且既無向人諂媚之態，亦無格外撩人之姿。倏然開，倏然落，倏然落，倏然開，數百年星霜，就這樣在無人注目的山中沉靜度過。總之只要看上一眼就完了！凡是看到的人從此永遠無法逃脫她的魔力。那個顏色不是普通的紅色。彷彿是被屠殺的囚犯流淌的鮮血，自行惹人注目，自行令人不悅，是一種異樣的紅。

正在看著時，忽有一朵紅花落在水上。靜謐的春天裡，在動的只有這一朵。過了一會，又有一朵倏然墜落。那朵花孤傲地絕不散落而下。不像是凋謝飄零，更像是整朵離開枝頭。離開枝頭時，似乎一旦離開就毫不留戀，但墜落之後依然保持完整花形，又顯得有點毒辣。又是一朵墜落。那樣墜落久了，遲早會染紅池水吧。花朵靜靜漂浮的地方現在就已經好像有點變紅了。又一朵墜落。落花安靜地漂浮，甚至令人分不清究竟是墜落地上還是墜落水上。又一朵墜落。我懷疑它可曾沉到水底。年年落盡幾萬朵山茶花，沾水之後，色彩溶解，腐爛成泥，這才終於沉落水底嗎？幾千年後，這座古池，在無人知曉之際，說不定被山茶的朵朵落花掩埋，就此恢復原有的平地。又有一朵大的，宛如染血的靈魂墜落。又一朵墜落。花朵簌簌墜落。無止境墜落。

如果畫出美女浮屍於這種地方，不知如何？我一邊思考一邊回到原位，再次抽菸，茫然沉思。溫泉場的那美小姐昨天開玩笑說的話，波濤起伏地自我的記憶中湧現。我的心情如巨浪上的一片板子晃動不定。我想用那張臉為主題，讓它漂浮在那山茶樹下，上方又有幾朵山茶花紛紛墜落。我想呈現出山茶永恆凋落，女人永恆浮於水中的感覺，但我能夠把它畫出來嗎？在那本《拉奧孔》——《拉奧孔》不重要。無論是否違背原理，總之只要有那種心情就夠了。但是不脫離人性又要表達超越人性的永恆感並不容易。首先，臉孔就是個問題。即便可以借用那張臉孔，她那種表情也不對。苦痛過強會破壞一切，可是傻呼呼地一派輕鬆更糟。乾脆改用別的臉孔吧？我屈指將能夠想到的臉孔一一算來，但總覺得不理想。好像還是那美小姐的臉孔最合適。但那樣還是少了些什麼。雖然我察覺到少了些東西，卻連自己也不明白到底缺少的是什麼。因此我無法憑自己的想像隨便更改。如果加上嫉妒會如何？嫉妒帶有過多的不安。那麼憎惡呢？憎惡太過強烈。憤怒？憤怒只會徹底破壞和諧。怨恨？若是春恨這種詩情畫意的情緒自然另當別論，可純粹是怨恨的話就太俗氣了。想來想去，最後我終於發現答案。在眾多情緒之中，我忘了「憐憫」這個字眼。憐憫是神不懂的情緒，而且是最接近神的凡人之情。那美小姐的表情中絲毫沒有出現這種憐憫。就是那個讓我感到少了什麼。想必唯有在某種衝動下，這種情緒閃現在她眉睫的瞬間，我的畫作才能真正完成。但是——我不知幾時才能見到她出現那種情緒。她的臉上平時洋溢的，只有瞧不起人的微笑，以及一心只焦急想要勝過別人的八字眉。如果只有那些表情，根本不管用。

沙沙的腳步聲響起。我心裡的構圖只勾勒了三分之二就瓦解。定睛一看，穿著窄袖服裝的男人，背著柴火，從竹林朝觀海寺跋涉而來。大概是從隔壁山上下來的。

「天氣真好。」他拿起汗巾鞠躬打招呼。一彎腰，掛在棉布腰帶上的柴刀就冷然發光。這是個年約四十的壯漢。好像在哪兒見過。男人對我像老熟人一般地態度親密。

「先生也畫畫嗎？」我的畫具箱是敞開的。

「對。我想畫這個池子，不過這裡真冷清。都沒人經過。」

「是啊。畢竟是在深山裡……先生，在嶺上遇到那場大雨，一定很困擾吧？」

「啊？嗯？你是當時的馬夫。」

「是啊。我都是這樣砍柴送去城裡。」源兵衛卸下柴火，坐在上面。他取出菸盒。菸盒很老舊。看不出是紙做的還是皮革做的。我順手把火柴借給他。

「每天翻越那種山嶺很辛苦吧？」

「沒事，已經習慣了——而且也不是天天翻越。三天一趟，有時四天才走一次。」

「四天一次我也敬謝不敏。」

「哈哈哈哈！因為怕馬太累了，我才拖到第四天去。」

「那真是不簡單。馬比自己還寶貝啊。哈哈哈哈！」

「也沒到那種地步啦……」

「對了，這池子好像歷史悠久。到底是什麼時候開始有的？」

「從以前就有了。」

「從以前？到底是多久以前？」

「好像是很久很久以前。」

「看來真的是很久很久以前啊。原來如此。」

「據說從以前，志保田家的小姐投水自殺時就有了。」

「志保田？你是說那個溫泉館的？」

「是啊。」

「小姐投水自殺？她不是好端端地活著嗎？」

「不對。不是那位小姐。是很久以前的小姐。」

「很久以前的小姐。那是什麼時候的事？」

「反正就是很久很久以前的小姐……」

「那個以前的小姐為何投水自殺？」

「那位小姐，據說也像現在這位小姐一樣是個美人喔，先生。」

「嗯。」

「結果有一天，來了一個梵論字……」

「『梵論字』是指虛無僧[62]嗎？」

「是啊。就是那種吹尺八的虛無僧。那個僧人在志保田的村長家中逗留時，那位美麗的小姐愛上了他——這或許是命中注定吧，總之小姐堅持非要嫁給他不可，還哭了。」

「哭了。嗯——」

「可是村長不答應。他說僧人不能當女婿。終於把人趕走了。」

「趕走那個虛無僧嗎？」

「是啊。於是小姐也尾隨僧人一路追到此地——就在對面可以看到松樹的地方跳水自殺了——最後，事情鬧得很大。當時據說她帶了一面鏡子。所以這個池子至今仍叫做鏡池。」

「噢——那，已經發生過投水自殺的事啊。」

「說來真是不像話。」

「那是幾代以前的事？」

62 虛無僧，屬於日本禪宗派系之一的普化宗，吹奏尺八（一種長笛）四處雲遊，比照印度佛教不剃髮，是半僧半俗之僧。

「據說是很久很久以前。還有——我偷偷告訴您一個祕密，先生。」

「什麼？」

「那個志保田家，代代都會出現瘋子。」

「噢？」

「這一定是詛咒。大家都在議論，現在這位小姐，最近好像也有點不正常。」

「哈哈哈哈，應該不至於吧。」

「不至於嗎？可是她母親也同樣有點不正常。」

「她母親也在家嗎？」

「不，去年過世了。」

「嗯。」我看著菸蒂冒出細細的青煙，緘默不語。後來，源兵衛背起柴火走了。

我是來畫畫的，如果老是在想這種事或聽這種傳聞，就算耗上再多天也畫不出一幅畫。既然已把畫具箱帶來了，今天說什麼都得先畫出草稿。幸好，對面的景色大致還算是完整。我就稍微畫一下那個，意思一下吧。

高約三公尺有餘的蒼黑岩石，筆直從池底冒出，崢嶸聳立在深邃池水的轉角，右側是那片竹林，從斷崖上方直至水邊，毫無縫隙地密密叢生。上方有三人才能合抱的大松樹，纏繞藤蔓的樹幹歪斜著扭曲，一半以上的樹幹都伸向水面。懷裡藏著鏡子的女人，當初就是從那塊岩石跳入水中吧。

我坐在折疊椅上，放眼環視可以入畫的題材。松樹，竹林，岩石與水，但我不知水該畫到哪裡為止。岩石的高度若有三公尺，影子同樣也有三公尺。而竹子鮮明倒映在水底，倒教人詫異難道竹子不只生在水邊，甚至茂密衍生到水中？至於松樹那直聳天際的高度必須仰望，影子也同樣細長。光是映在眼中的大小就無法收入畫中。乾脆不畫實物只畫影子想必也別有趣味。畫池水，畫水中倒影，然後再拿給別人看，說這是一幅畫，對方肯定會很驚訝吧。但光是嚇人一跳沒意思。必須讓人驚艷地服氣這的確是一幅畫才有意思。該怎麼構思畫面呢？我一心一意凝視池面。

說來奇怪，光是眺望影子完全無法形成畫面。我想與實物比較之後再下功夫。我的視線從水面一轉，緩緩向上移。對著三公尺高的岩石，從倒影的頂端看到水邊的交界，再從交界處逐漸到水上。從岩石的濕潤程度到嶙峋皺褶的模樣，逐一玩味著漸漸向上望去。最後我的視線終於攀升到頂端，當目光抵達岩石的頂點時，我彷彿被蛇盯上的青蛙，驀然失手摔了畫筆。

背對綠枝掩映的夕陽，在晚春遲暮為蒼黑岩頂染上的色彩中，楚楚織出一張女人的面孔——正是那個在花下令我驚訝，幻影令我驚訝，寬袖華服令我驚訝，在澡堂也令我驚訝的女人。

我的視線盯著女人蒼白的面孔中央就此無法動彈。女人盡量伸展修長的身軀，站在高高的岩石上動也不動。就在這一剎那！

我不由跳起。女人翩然扭身。才見她的腰帶之間有豔紅如山茶花的東西倏然閃過，她已朝那邊縱身一躍。夕陽掠過樹梢，微微染紅松幹。山白竹益發青翠。

我又被嚇了一跳。

十一

我在山里的朦朧月色中乘興漫遊。我登上觀海寺的石階，一邊想出「仰數春星一二三」這句詩。我並沒有事要去找和尚，也不打算找和尚閒聊。只是偶然走出旅館信步閒逛，不覺來到這石階下。我摸著「不許葷酒入山門」這塊石頭站了一會，忽然心情大好，遂抬腳拾級而上。

在《項狄傳》[63]這本書中寫著，沒有比此書更符合神明旨意的寫法。第一句好歹是靠自己寫出來的。之後卻完全是心中記念著神，任由筆尖自己流動，要寫什麼連自己都不知道。執筆的雖是作者本人，書寫卻是由神負責。因此責任似乎不在作者身上。我的散步也完全比照這個模式。是不負責任的散步。但我不倚賴神，這點更不負責任。斯特恩在免除自己責任的同時也把責任轉嫁給天上的神。我沒有神可

63《項狄傳》（*The Life and Opinions of Tristram Shandy*, Gentleman）是英國小說家斯特恩（Laurence Sterne，1713-1768）寫的小說。漱石在《江湖文學》（明治三十年三月）撰文介紹過這本小說。

以轉嫁，只好把它棄於溝渠。

要走石階也不能費力地走上去。如果太費力，我寧願立刻回頭。走上一階停佇時莫名愉快。所以才想走第二階。到了第二階忽然想寫詩。我默默看著自己的影子。被石塊遮住斷成三截看起來很奇妙。因為奇妙所以我繼續向上走。我抬頭望天。睡眼惺忪的天幕深處，小星星頻頻眨眼。我覺得可以成詩，又往上走。就這樣，我終於走到頂上。

在石階上我想起。以前去鎌倉玩，四處尋找所謂的五山[64]時，記得是在圓覺寺內的小寺院吧，同樣也是這樣緩緩踩著石階走上去，結果從門內出來一個穿著黃色袈裟、腦袋扁平如扇形的和尚。我往上走，和尚向下走。錯身而過時，和尚厲聲問我要去哪裡。我回答只是在境內參觀，同時停下腳，和尚頓時不客氣地撂下一句「這裡什麼都沒有」，隨即大步走下去。他的態度太灑脫，我覺得好像被他搶先了一步，不禁轉身站在石階上目送和尚，和尚那扁平的大腦袋晃來晃去，最後終於隱沒在杉林之間。其間一次也沒回過頭。原來如此，禪僧果然有趣。動作真是乾淨俐落啊，我緩緩走進山門，一看之下，寬敞的禪房與正殿都空蕩蕩，不見人影。那時我衷心感到喜悅。世上竟有如此灑脫的人，如此灑脫地對待他人，這麼一想不禁心情開朗。並不是因為我了解禪學，我對禪一竅不通，只是很欣賞那個扁平大腦袋和尚的所作所為。

人世間充滿死纏爛打、心腸惡毒、小家子氣，而且厚顏無恥的可憎小人。甚至有人連本來為何來到世間都不知道。而且那種人偏偏臉面特別大，似乎將承接浮世之風的面積特別多視為一種榮譽。五年、十年地跟在別人屁股後頭偵查，計算別人放了幾個屁，自以為那就是人世。然後來到別人面前，也沒人拜託就主動告訴人家說你放了多少多少個屁。如果是當面說，好歹還可以當作參考，可他偏要在你背後說你放了多少多少個屁。你如果罵他囉嗦，他反而說得更起勁。你越叫他閉嘴，他越要說。就算你說已經知道了，他還是要說你放了幾個屁。而且還宣稱那是處世的

64 禪宗寺格最高的五寺，包括鎌倉的建長、圓覺、壽福、淨智、淨妙這五寺。皆為鎌倉市內臨濟宗的寺院。

方針。方針因人而異。毋須嚷嚷放了幾個屁，默默擬定方針即可。會妨礙他人的方針最好打消念頭，這是基本禮儀。如果不妨礙別人就無法擬定方針，那我寧可將放屁作為我的方針。屆時日本也氣數已盡了吧。

這樣在美妙的春夜裡，不訂定任何方針地散步，其實很高尚。興致來時就以興致來了做方針。興致去時就以興致消退做方針。想出佳句，就以想出佳句做方針。想不出來，就以想不出來做方針。而且不會妨礙任何人。這才是真正的方針。計算人家放了幾個屁是人身攻擊的方針，放屁是正當防衛的方針，這樣走上觀海寺的石階是隨緣豁達的方針。

當我想出「仰數春星一二三」這句詩，走上石階頂端時，只見朦朧閃爍的春海宛如一條腰帶。我走進山門，已經無意再構思絕句。我當下訂定放棄的方針。

通往禪房的石子路右側，是山杜鵑的樹籬，樹籬外想必是墓地。左邊是正殿，屋瓦在高處幽幽發光。我抬頭仰望，彷彿有幾萬個月亮落在幾萬片屋瓦上。不知何處頻頻傳來鴿子叫聲。好像在樑柱下。或許是心理作用，屋簷似乎有點點白色痕跡。也許是鳥糞。

雨水滴落處，排著一列奇怪的影子。看起來不像樹，當然也不是草。就感覺而言像是岩佐又兵衛[65]筆下的「鬼念佛」停止念佛起而跳舞的姿態。從正殿的這端到彼端，規矩排成一列跳躍。此刻那個影子也同樣從正殿的這端到彼端規矩排成一列跳躍。大概是受到朦朧月色的引誘，把鑼和敲鑼的槌子、捐獻簿都扔開，互相邀約來這山寺跳舞吧。

走近一看原來是巨大的仙人掌。高度足有兩公尺多，好似將絲瓜那麼大的小黃瓜壓成勺子，再將勺柄由下往上不斷連接。那勺子不知要連接多少個才會結束。今晚之內恐怕就會頂破屋簷跑到屋瓦上。那勺子的形成，肯定是出奇不意，不知從哪兒冒出來，猛然附著上去。一點也不像是舊勺子生出新的小勺子，小勺子再在漫長的歲月中漸漸長大。感覺勺子與勺子的連接非常唐突。這麼滑稽的樹想必不多。而

65 岩佐又兵衛（1578-1650），融合土佐派與狩野派的風俗畫家。「鬼念佛」是大津追分當地賣給旅人的大津圖畫之一，描繪鬼身穿法衣持法器的模樣。創始者據說是又平，應是漱石搞錯了。

且還故作無辜。據說曾有僧人被問到如何才是佛，他回答「庭前柏樹子」[66]，如果我被問到同樣的問題，想必會不假思索回答「月下仙人掌」吧。

少時閱讀晁補之[67]這個人的遊記，至今還有幾句背得出來。「於時九月，天高露清，山空月明。仰視星斗，皆光大，如適在人上。窗間竹數十竿，相摩戛，聲切切不已。竹間梅棕，森然如鬼魅離立突鬢之狀，二三子又相顧魄動而不得寐。遲明，皆去。」我在口中喃喃重述，不禁失笑。這棵仙人掌想必也會在某種時間與場合下，令我驚心動魄，一打照面就把我趕下山吧。我試著伸手去摸刺，指尖有點刺痛。

走到石子路的盡頭左轉便來到禪房。禪房前面有巨大的木蓮樹。大約有一人環抱那麼粗，高度超過禪房的屋頂。仰頭一看，頭上就是樹枝。樹枝上方又是樹枝。而樹枝重疊之上是月亮。通常，枝葉那樣重疊，從樹下仰望應該看不見天空。如果有花就更看不見。但木蓮的樹枝縱使層層交疊，樹枝之間還是有疏闊的空隙。木蓮不會隨意伸出細小的枝條擾亂站在樹下的人的視線。就連花朵都很明亮。從這遙遠下方看上去，一朵花就是清清楚楚的一朵花。那樣的一朵花不知簇擁到何處，開到何處。但一朵終究是一朵，一朵與一朵之間，可以清楚看見淡藍色的天空。花色當然不是純白。一味的雪白太寒冷。而全然的白，看起來似乎只是奪人眼球的精巧。木蓮的顏色並不是那樣。它刻意避開極度的白，是帶有溫暖的淡黃，高雅又謙卑。我站在石子路上，仰望這含蓄內斂的花朵累累無垠地蔓生，不禁茫然半晌。眼中所見全是花。沒有一片葉子。

瞻望滿天木蓮花。

我想出這麼一句詩。不知何處，傳來鴿子溫柔地互相叫喚。

我走進禪房，禪房敞著門。看來此地民風純樸不知有盜匪，猜想狗當然也不會

66《碧巖錄》「無門關」記述「如何是祖師西來意，州云庭前柏樹子」。「州」是指趙州和尚。

67 晁補之（1053-1100），北宋詩人。蘇門四學士之一。

輕易聞聲吠叫。

「有人在嗎？」我問。

一片死寂無人回應。

「打擾一下。」我說。

鴿子咕咕叫的聲音傳來。

「有人在嗎——！」這次我大喊。

「噢噢噢噢噢噢噢！」遙遠的彼方有人回答。我造訪別人家時，從未聽過這種回答。之後走廊響起腳步聲，紙燭的影子映現屏風後面。一個小和尚倏然出現，是了念。

「大師在嗎？」

「在。有何貴幹？」

「請轉告他，溫泉館的畫家來訪。」

「畫家先生嗎？請進。」

「你不用先去稟告一下嗎？」

「沒關係。」

我脫掉木屐進屋。

「真是沒規矩的畫家先生。」

「怎麼說？」

「木屐脫下要併攏放好。你看這裡。」他說著舉起紙燭。黑柱的中央，距離脫鞋口地面約莫一公尺半的高度，貼著四分之一大小的半紙[68]，勉強可以辨認出字跡。

「看到了吧？寫什麼看到沒？上面寫著要『看腳下』。」

「原來如此。」我立即把自己的木屐規矩放好。

和尚的禪室位於正殿的側廂，沿著走廊拐過直角就到了。了念恭敬拉開紙門，

68 半紙，大約長三十五公分，寬二十五公分的白色和紙。

恭敬趴伏在門檻外說，

「師父，志保田家的畫家先生來訪。」小和尚的樣子誠惶誠恐。令我有點忍俊不禁。

「是嗎？請進。」

我與了念調換位置走入。禪室內非常狹小，中央有地爐，爐上的鐵水壺正在沸騰。而和尚在對面看書。

「來，這邊請。」他摘下眼鏡，把書本推到一旁。

「了念。了——念——！」

「是——」

「還不拿坐墊給客人。」

「是——」了念在遠處拉長了音調回答。

「歡迎你來。一定很無聊吧？」

「因為月色太美，我就一路閒晃過來了。」

「月色的確很美。」他說著拉開紙門。除了兩塊踏腳石、一棵松樹之外別無其他，平坦的庭院那頭似乎就是懸崖，眼前頓時出現朦朧月色下的無垠海洋。心情彷彿突然開闊。漁火星星點點，大概打算在遙遠的末端融入天空，化為星子。

「這倒是好景色。大師，關著紙門太可惜了吧？」

「是啊。不過我每晚都看得到。」

「這種景色再看多少晚都行。換作是我，肯定不睡覺也要欣賞。」

「哈哈哈哈！不過你是畫家，自然與我略有不同。」

「大師在感嘆景色優美時其實也是畫家。」

「原來如此，這麼說也對。別看我這樣其實好歹也會畫達摩。你看，掛在這裡的這幅畫，就是上一代住持畫的，相當不錯吧。」

沒錯，小小的壁龕的確掛著達摩圖。然而就畫作本身技巧而言相當拙劣。不過並不俗氣，沒有任何刻意掩蔽拙劣的跡象，是天真無邪的畫作。這位前任住持想必也是像這幅畫一樣無拘無束之人。

「這畫很天真無邪。」

「我們畫的畫這樣就足夠了。只要能呈現出氣象足矣……」

「比起那些畫得好卻俗氣的作品更高明。」

「哈哈哈哈！隨你怎麼稱讚吧。對了，這年頭的畫家也有博士嗎？」

「沒有畫家博士。」

「啊，是嗎？上次，我遇到一位博士。」

「噢？」

「說到博士，那是了不起的人物對吧？」

「對。想必很了不起。」

「畫家不是應該也有博士嗎？為什麼沒有呢？」

「說到這裡，和尚才應該有博士吧？」

「哈哈哈哈！或許吧。──上次我遇到的人，叫什麼來著的──我記得名片應該就放在哪裡……」

「是在哪遇到的？東京嗎？」

「不，就在這裡，我已經二十年沒去東京了。最近聽說有了電車這種玩意，我還挺想坐坐看。」

「其實很無聊。吵死了。」

「是嗎？俗話說蜀犬吠日，吳牛喘月，所以像我這種沒見識的鄉巴佬或許反而會不知所措。」

「不知所措倒是不至於，就只是很無聊。」

「不會吧。」

鐵水壺的壺嘴不斷冒煙。和尚從茶櫃取出茶器，替我倒茶。

「請喝一杯粗茶。比不上志保田家的老太爺那種芳醇的好茶。」

「哪裡，這樣就很好。」

「你這樣到處遊覽，果然也是為了畫畫嗎？」

「是的。雖然隨身帶著畫具，但是不畫畫也無所謂。」

「噢，那麼一半是為了遊山玩水？」

「是啊，要這麼說也行。因為我不願被人數我的屁。」饒是禪僧，似乎也聽不懂我這句話。

「數你的屁是什麼意思？」

「在東京待久了就會有人來數你放了幾個屁。」

「為什麼？」

「哈哈哈哈，如果只是數數目也就算了。問題是還會分析別人的屁，討論屁眼是三角形還是四角形，做出多此一舉的無聊舉動。」

「噢，那是衛生部門的人嗎？」

「不是衛生。是偵查。」

「偵查？原來如此，那就是警察囉。這些警察啦巡查啦，到底有什麼用處？非有不可嗎？」

「是啊，畫家就不需要。」

「我也不需要。我還沒有和巡查打過交道。」

「我想也是。」

「不過，就算警察來數我的屁，我也不在乎。裝作若無其事就行了。自己沒做虧心事的話，就算是警察，也不能拿我怎樣。」

「放個屁也要被警察管的話，誰受得了。」

「我還是小沙彌時，前任住持經常說，人若能夠在日本橋的中央袒露五臟六腑也不覺羞恥，才算是修行到家。你也要修行到那種地步才好。到時候不用特地出門旅行也沒關係了。」

「只要徹底成為畫家，隨時都可以那樣。」

「那你就徹底成為畫家呀。」

「被人家盯著數我的屁，讓我無法完全成為畫家。」

「哈哈哈！你看，你投宿的那個志保田家的那美小姐，出嫁之後又回到娘家，老是說對很多事情都耿耿於懷，最後終於來找我問佛法。但她最近已經很有心得了，你看，變成那麼通情達理的女人。」

「噢？難怪我覺得她不是普通女人。」

「哎，她是個機鋒相當犀利的女人——來我這裡修行的泰安這個年輕和尚，就是因為那個女人，從偶然的小事撞見必須究明大事的機緣——想必他很快會成為得道高僧。」

安靜的院子，落下松樹的影子。遠方的海面，彷彿在回應天空的光亮，又好似沒有呼應，在朦朧中放出幽微光芒，漁火明滅不定。

「你看那松樹的影子。」

「是。」

「很美吧。」

「只是美嗎？」

「不僅美，任風吹拂也不以為苦。」

我一口喝乾杯中剩下的澀茶，把杯底朝上，倒扣在茶托上，起身告辭。

「我送你到門口吧。了——念——！客人要走了！」

被和尚送出禪房時，鴿子咕咕叫了起來。

「鴿子是最可愛的生物，我只要拍拍手，牠們全都會飛來。不信我叫給你看？」

月色越發明亮。萬籟俱寂，木蓮朝天空擎起朵朵雲華。在寂寥的春夜中，和尚啪啪拍手。聲音在風中死去，沒有一隻鴿子飛下來。

「不下來啊。應該會下來才對啊。」

了念看著我的臉，偷笑了一下。和尚似乎以為鴿子的眼睛在夜裡也看得見。真是悠哉。

我在山門之處向二人告別。回頭一看，大號圓影與小號圓影落在石子路上，一前一後地消失在禪房。

十二

我記得王爾德曾說，基督具備最高度的藝術家態度。基督如何我不知道，但觀海寺的和尚這種人，想必正有這種資格。我不是指他的品味風雅。也不是說他通曉時勢。他在牆上掛著幾乎不能稱為畫的達摩圖，洋洋得意地以為畫得很好。他認為畫家也該有博士學位。他以為鴿子的眼睛能夠夜視。即便如此，我還是認為他擁有藝術家的資格。他的心就像無底的袋子留不住任何東西，一切都不會停滯。因為他隨處自來自去，洋洋灑灑任意作為，肚子裡沒有任何渣滓沉澱的跡象。如果能在他的腦中貼上一點趣味，他想必會與所到之處同化，在行屎走尿做出任何行動時，皆可扮演完全的藝術家。哪像我這種人，被偵探盯著計算放屁次數時，終究不可能成為畫家。我可以面對畫架，可以握住調色板，但我無法成為畫家。唯有這樣來到不知名的深山野嶺，將五尺瘦軀埋藏在遲暮的春色中，我才終於明白真正的藝術家應有的態度。一旦進入這種境界，美的天下盡歸我有。縱然不染尺素，不塗寸縑，我照樣是第一流的大畫家。饒是在技巧方面不及米開朗基羅，在精緻程度遜於拉斐爾，但在藝術家的人格方面，我與古今大師齊首步武，沒有絲毫遜色之處。自從我來到這個溫泉區，迄今一幅畫也沒畫，甚至感到畫具箱只是一時興起扛出來好玩的。旁人或許會嘲笑我這樣也配算是畫家。然不管別人如何嘲笑，現在的我就是真正的畫家。是道地的畫家。得到這種境界的人，不一定會畫出名畫。但是能夠畫出名畫的人，必然得知道這種境界。

用完早餐，我在抽敷島香菸時的感想大致如上。太陽已跳出氤氳晨霧高高升起。我拉開紙門，遠眺後山，蒼翠的樹木非常清透，且色彩異常鮮明。

我常以為空氣與物象、色彩的關係是宇宙最令人興味盎然的研究之一。是以色彩為主醞釀出空氣，還是以物象為主勾勒空氣？抑或以空氣為主從中織出色彩與物象？繪畫全憑一念之間便可營造出各種不同的調子。這個調子也因畫家自身的喜好各有不同。那是理所當然，但當然也受限於時間與地點。英國人畫的山水沒有一幅是亮麗的。或許他們討厭亮麗的畫，好吧，就算喜歡，在那種空氣下，想必也無能為力。同樣身為英國人，古德爾[69]的色調就截然不同。也難怪不同。他雖是英國人，卻從未畫過英國的景色。他的繪畫主題不在他的故鄉。他只選擇與他的祖國相比，空氣透明度勝過一大截的埃及或波斯一帶的風景。因此人們初次看到他的畫作時不免都會震驚，差異明顯得令人懷疑英國人居然也能畫出如此明亮的色彩。

個人的喜好無法勉強。但是若想描繪日本的山水，我們就必須畫出日本固有的空氣與色調。饒是法國繪畫再好，如果直接套用那種色調，也不會有人說這是日本景色。還是得親自接觸大自然，朝夕研究雲容煙態。當你覺得終於找到那個色調時，必須立刻扛起折疊椅衝出門作畫才行。色彩會在剎那之間變換。一旦錯失機會，同樣的色彩不可能再輕易見到。我現在仰望的山邊，就充斥著這一帶難得一見的美麗色彩。好不容易有機會來此，如果錯過那個色彩未免可惜。不如畫一下吧。

我拉開紙門，走到簷廊上一看，對面二樓的紙門邊倚身而立的正是那美小姐。她的下巴埋在領中，只看得見側臉。我正想打招呼，她垂著左手，右手忽然迅如疾風地動了起來。似閃電般在胸前劃過兩三下，喀鏘一聲，閃電旋即消失。她的左手拿著短刀的白色刀鞘。她的身影頓時隱沒在紙門後。我一大早就抱著觀賞了歌舞伎表演的心情走出旅館。

出門後左轉，立刻就是山路，必須踮腳而行。處處只聞鶯啼。左手邊是坡度徐緩的山谷，種滿橘子。右邊有二座不高的山丘並列，同樣給人此地只有橘子別無其他之感。幾年前我曾來過此地一次。我懶得屈指計算，總之我記得是臘月時節。當時我第一次看到橘子山滿山遍野都是橘子的景色。我問摘橘子的人能否賣一枝給我，對方說要幾顆都沒問題，您直接拿去吧，說完在樹上唱起節奏奇妙的歌謠。在東京，就連橘子皮都得去藥房花錢買。入夜後，頻頻響起槍聲。我問那是怎麼回事，人家告訴我是獵人在打野鴨。當時，我連那美小姐的「那」字都不認識。

那個女人若去當演員，肯定可以成為出色的女主角。一般演員只有上了舞台後才會裝腔作勢地演戲。可是那個女人連在家中也隨時隨地在演戲，而且她沒發現自

69 古德爾（Frederick Goodall，1822-1904），英國畫家。創作埃及、阿拉伯等地風景的個性派作品。

己在演戲。她是純自然、純天然地在演戲。那樣子或可稱為美的生活[70]吧。拜她所賜，我的繪畫功力大增。

如果不把她的言行舉止視為演戲，會毛骨悚然得一天都撐不下去。如果用人情義理這種尋常道具為背景，從普通小說家的觀察角度去研究她，可能刺激會太強烈，立刻心生排斥。在現實世界，我和她之間如果有一種纏綿悱惻的關係成立，我的痛苦恐怕難以言喻。我的這趟旅行超脫世俗人情，主旨純粹是為了徹底化身為畫家，故凡我所見皆須一一視為繪畫。必須只當作能樂、戲劇，或者詩中的人物來觀察。透過這種覺悟的眼鏡來窺視她，會發現她的言行舉止是我見過的女人當中最美的。正因為她沒有自己正在展現美妙演技的自覺，所以比專業演員的舉止更美。

請別誤會有這種想法的我。若批評我身為社會公民不夠檢點，那更是不公平。行善難，施德亦難，守節操不易，為公義犧牲性命更不捨。明知如此仍刻意為之，對任何人都會很痛苦。要讓人甘願冒著那種痛苦，就必須在某處潛藏足以戰勝痛苦的快樂。無論是畫，是詩，或戲劇，都只不過是這辛酸中籠罩快感的別稱。能夠領悟這種趣味，吾人的所作所為才會壯烈，才會閑雅，才會想克服一切困苦只求滿足心中一點無上趣味。將肉體的痛苦置之度外，對物質上的不便不以為意，鞭策勇猛精進之念，為了人道精神，鼎鑊烹煮亦甘之如飴。如果要站在人情的狹小立足點對藝術下定義，那麼藝術就是潛藏在我們這些受過教育的知識分子內心，要求自己必須避邪就正、斥曲與直、扶弱除強的信念結晶，燦然反射昭昭白日。

有時我們會笑別人的行為帶有作戲的味道。笑他們為了貫徹美妙的嗜好興趣不惜做出無謂犧牲，根本不懂人情世故。笑他們不等發揮美好個性的機會自然來臨，硬要炫耀個人品味觀的愚昧。那是因為真正了解箇中消息，所以因理解而笑。至於那種連趣味為何物都不懂的卑賤之徒，只是以小人之心度他人之腹鄙視旁人，那就不可原諒了。昔日有青年留下巖頭吟[71]後縱身躍下五十丈的飛瀑湍流尋死。在我看

70 明治三十四年《太陽》八月號發表高山樗牛的評論〈論美的生活〉，「美的生活」成為當時的熱門話題。高山認為，唯有滿足人性本然的要求方為美的生活。

71 巖頭吟，明治三十六年，當時的一高學生藤村操於華巖瀑布跳水自殺時，在巖上樹木寫下的遺書。那句「不可解」引起廣大的回響。藤村是漱石的學生。

來，那個青年為了美之一字，捨棄了不該捨棄的寶貴性命。死亡本身固然壯烈，促使他尋死的動機卻令人費解。可是若連死亡本身的壯烈都無法體會，又怎能嘲笑藤村的作為。他們無法體會壯烈成仁的意義，因此即便出發點正當，在終究受限不得壯烈成仁這點而言，比藤村的人格更劣等，故我主張他們無權嘲笑。

我是畫家。因為是畫家，以風雅的品味為專業，即便墮落人情世界，也比左鄰右舍不解風情的粗漢更高尚。身為社會的一員，我輕易站在教育他人的地位。比起無詩、無畫、無藝術修養的人，更能做出美好的作為。在人情世界，美好的作為就是正，是義，是直。在行為上展現正、義、直的人，是天下公民的模範。

暫時脫離人情世界的我，至少在這趟旅行中沒必要回歸人情世界。否則會讓難得的旅行泡湯。我必須從人情世界篩去粗礪的沙子，終日只望著底層美麗的金子。我毋須以社會的一分子自許。身為純粹的專業畫家，連我自身都斷絕糾纏的利害關係，悠遊於畫布之中。更何況是對待山水與他人。說到那美小姐的行為動作，除了以本來面貌看待別無他法。

往上走三百公尺後，對面出現一面白牆。我猜想是橘子林中的房子吧。道路不久分為二條。側視白牆向左轉時，回頭一看，一個穿紅襯裙的女孩從下面走上來。只見襯裙盡頭的下方露出褐色的小腿，小腿的下方是草鞋，那雙草鞋漸漸走來。頭上飄落山櫻花。背後是整片粼粼海洋。

走到山路的頂上，來到山勢突出的平地。北邊是層巒疊翠的春峰，說不定就是今早從簷廊仰望的那一帶。南邊有堪稱焦土的地勢占據半公頃面積，末端是塌陷的山崖。崖下是我剛剛走過的橘子山，如果跨越村莊看過去，看到的不用說也知道是蔚藍大海。

路有好幾條，分分合合，看不出哪條路才是主幹道。每一條都是路，每一條也都不是路。草叢中有暗褐色的地面若隱若現，分不出是與哪條路連接，富於變化頗為有趣。

我在草中遠遠近近地徘徊，思考該往哪坐下。從簷廊遠眺時覺得可以入畫的景色，一旦要畫時卻毫無靈感。色彩也逐漸改變。在草原徘徊久了，不知不覺失去作畫的興致。既然不畫，位置就無關緊要，坐哪兒都是我的安身之處。滲染的春日，深深籠罩草根，我重重坐下，心情彷彿踩扁了看不見的氤氳陽炎。

大海在腳下發光。萬里無雲的春陽普照水上，彷彿不知不覺日光甚至已浸透海底般看似溫暖。水色是一筆平坦刷過的深藍色，處處點綴白銀色的細小鱗片粼粼閃動。春日無垠地照亮世界，世界無垠地蕩漾海水，航行其間的白帆只有小指甲蓋那麼大。而且那白帆文風不動。古時候進貢的高麗船遠渡重洋而來時，想必看起來就是那樣。除此之外極目遠眺大千世界，也只有陽光普照的世界，照亮大海的世界。

我躺下假寐。帽子滑過額頭向後翻，看起來就像阿彌陀佛背後的圓光。草地處處皆可看到小株的倭海棠抽高五、六十公分長得很茂盛。我的臉正好就在其中一株前面。倭海棠是一種有趣的花，枝條頑強地堅決不肯彎曲。可是說它筆直，又絕非筆直。只是筆直的短小枝條與筆直的短小枝條以某種角度衝突，整體構成傾斜的姿態。再加上不知是紅是白的花朵安閒綻放，甚至零星點綴柔軟的葉子。若要形容，倭海棠大概在花中屬於大智若愚的植物。世間有抱愚守拙之人，這種人下輩子投胎轉世肯定會變成倭海棠。我也想變成倭海棠。

小時候，我砍下開花帶葉的倭海棠，好玩地擺弄枝條，做成筆架。然後架上二錢五厘的廉價毛筆，讓白色的筆毛在花葉之間若隱若現，放在桌上觀賞把玩。那天我就這樣惦記著倭海棠筆架睡著了。翌日一睜開眼，我就跳起來，到桌前一看，花萎葉枯，只有白色的筆毛依然閃閃發亮。那麼美麗的東西，為何一夜之間就枯萎了呢？彼時我百思不解。如今想來，當時的我還真是不食人間煙火。

一躺下就映入眼簾的倭海棠是我二十年來的舊知己。盯著看久了漸漸恍神，感覺很舒服。於是我又詩興大發。

我躺著思考。每想到一句就記在寫生簿上。過了一會好像完成了。我從頭開始檢視。

出門多所思。春風吹吾衣。芳草生車轍。廢道入霞微，停杖而矚目。萬象帶晴暉。聽黃鳥宛轉。觀落英紛霏。行盡平蕪遠。題詩古寺扉。孤愁高雲際。大空斷鴻歸。寸心何窈窕。縹緲忘是非。三十我欲老。韶光猶依依。逍遙隨物化。悠然對芬菲。

啊，完成了，完成了。這下子終於完成了。臥看倭海棠，頗有忘卻塵世之感。儘管沒有寫到倭海棠，沒有寫到大海，然而只要能寫出那種感覺就夠了，我一邊這麼喃喃沉吟，一邊欣喜之際，忽然聽到某人的乾咳聲。我嚇了一跳。

我翻個身，朝聲音的來源看去，只見一個男人繞過山勢突出處，從雜樹林之間走出。

他頭戴褐色呢帽。帽子已變形，從歪斜的帽簷下可以看見眼睛。眼神雖看不清，但顯然正滴溜亂轉。藍色條紋和服的下襬撩起塞在腰間，光腳踩著木屐的裝扮，令人難以判斷是何方神聖。若只憑他那把野鬍子判斷，簡直像個野武士。

本以為男人要走下山路，沒想到他在轉角又拐回來了。我以為他會循原路消失，結果也沒有。他又再次走來。除了在這片草原散步的人，應該沒有人會這樣來來回回才對。但他那是散步的樣子嗎？那種男人也不像是住在這附近。他不時駐足。歪起腦袋。而且還四下張望。有時看起來似乎陷入沉思。又好像是在等人。我一頭霧水。

我始終無法將目光自這個古怪的男人身上移開。我並不害怕，也不想拿他作畫。只是就是無法移開目光。從右至左，從左至右，我的眼睛跟著男人到處轉。最後男人猛然停住。隨著他的駐足，又有一個人出現在我的視野。

雙方似乎本就認識，逐漸從二端接近。我的視野漸漸縮小，在草原中央狹小的一點會合。二人背對春山，面對春海，就這麼碰個正著。

男人當然是那個野武士。對方呢？對方是女的。就是那美小姐。

看到那美時，我當下聯想到今早的短刀。她該不會把刀藏在懷裡吧？這麼一想，非人情的我也冒出冷汗。

男女二人面對面，保持同樣的態度站了半晌。看起來沒有要動的跡象。或許嘴巴在動，但完全聽不見說話聲。最後男人垂下頭。女人面對山那邊。我看不見她的臉。

山上傳來黃鶯鳴叫。女人看起來也像在側耳聆聽鶯啼。過了一會，男人倏然抬起低垂的頭，準備轉身。這不是尋常的狀態。女人倏然轉身面對大海，她的腰帶之間露出的好像是短刀。男人昂首闊步準備離去，女人緊跟在男人的身後走了二步，那女人穿的是草鞋。男人突然停下，是被女人叫住嗎？當他回頭的瞬間，女人的右手已伸進腰帶。危險！

猛然抽出的，並不是短刀，是看似錢包的包裹。伸出的玉手下，長長的繩子迎著春風搖曳。

女人一腳在前，上半身稍微扭轉，遞出包裹。雪白的手腕，紫色的物件。光是這樣的姿勢應已充分可以成為一幅畫了。

被紫色稍微切割的畫面，隔著不到十公分的距離，配合男人轉身的體態，巧妙地銜接。「不即不離」正好可以用來形容這一剎那。女人向前拉，男人看似被向後拉。實際上並沒有誰拉住也沒有誰被拉到。兩者的聯繫只在於那個紫色錢包，當下就此斷絕。

二人的姿勢如此保持美妙和諧的同時，二者的臉孔與衣服完全成對比，所以如果當成一幅畫來觀賞會更耐人尋味。

一個是身材矮胖、黝黑、大鬍子，一個是緊繃的小臉，長頸、削肩的纖細身形。一個是穿著木屐粗魯扭身的野武士，一個是連普通的居家服都能穿得風流嫵媚，而且上半身溫婉仰起的弱女子。一個是頭戴褪色的褐色破帽子，藍條紋上衣的下襬塞進腰帶，一個是頭髮梳理得油光水亮彷彿燃燒太陽的熱氣，黑色緞面腰帶閃亮的深處隱約流露腰帶上方那截布頭的嬌艷。一切都是最好的繪畫題材。

男人伸手接下了錢包。二人原本一個拉一個被拉的平衡位置頓時瓦解。女人不再拉，男人也不再被拉。我雖是畫家，卻直到今天才發現，心理狀態原來會對畫面構圖產生這麼大的影響。

二人掉頭各分東西。雙方那種氣氛已不存在，所以就畫面而言已經支離破碎。男人在雜樹林的入口一度回首。女人卻頭也不回，快步朝我這邊走來。最後來到我

的正對面，

「先生，先生。」她喊了二聲。糟糕，幾時被她發現的？

「什麼事？」我把頭探出倭海棠上。帽子掉落草原。

「你在這種地方做什麼？」

「我作詩睡著了。」

「少騙人了。剛才那一幕你都看到了吧。」

「剛才的？妳說剛才那個嗎？對。看到一點。」

「呵呵呵呵，何必只看一點，多看看又何妨。」

「其實我的確看到很多。」

「看吧。算了，請你過來一下。請從倭海棠中出來。」

我唯唯諾諾走出倭海棠叢。

「你在倭海棠叢中還有事嗎？」

「已經沒了。我正打算回去。」

「那我們就一起走吧。」

「好。」

我再次唯唯聽命，退回倭海棠叢，戴上帽子，把畫具收好，和那美並肩邁步。

「你在畫畫？」

「放棄了。」

「打從你來到此地，好像一幅畫都還沒畫出來吧？」

「對。」

「但你難得來作畫，如果一幅也沒畫出來，豈不是很沒意思？」

「哪裡，有意思得很。」

「噢，是嗎？為什麼？」

「不為什麼，反正很有意思。不管有沒有作畫，到頭來都是一樣。」

「真瀟灑，呵呵呵，你還挺悠哉的。」

「來這種地方，如果不悠哉，豈不是白來了。」

「哪裡，不管在哪，如果不悠哉，都等於是白活了。就像我，即使現在的樣子被人看見也不覺羞愧。」

「不覺得羞愧也沒關係呀。」

「是嗎？你猜剛才的男人到底是誰？」

「這個嘛。好像不是什麼有錢人。」

「呵呵呵，被你猜對了。你可真是神機妙算啊。那個男人是窮鬼，他說在國內混不下去了，來找我要錢。」

「噢？他是從哪來的？」

「從城裡。」

「那可是大老遠來訪。那麼，他要去哪呢？」

「據說要去滿洲。」

「他去做什麼？」

「去做什麼？是去撿錢還是去送死，我也不知道。」

這時我抬起眼，看了女人一下。如今抿緊的嘴巴，正逐漸失去微笑的影子。我不解其意。

「那個人，是我丈夫。」

女人以迅雷不及掩耳之勢，冷不防朝我捅了一刀。我大為震驚。我當然無意打聽那種事，而女人，八成也沒想過要坦誠到這種地步。

「怎麼樣，嚇到了吧？」女人說。

「對，的確有點驚訝。」

「不是現任老公，是離婚的前夫。」

「原來如此，然後……」

「僅此而已。」

「這樣啊——那座橘子山上有棟氣派的白牆房子。那房子的地點很好，是誰的家？」

「那是我哥哥家。回程順便去一下吧？」

「妳找他有事？」

「對，受人之託有點小事。」

「那我們一起去吧。」

來到山路的登山口，我們沒有向下回村子，立刻右轉，又往上走了約莫一百公尺，看到一扇門。我們沒有從大門去玄關，而是直接繞到院子。女人不客氣地大步前行，所以我也不客氣地跟著走。向南的院子，有三、四棵棕櫚樹，緊靠土牆下的就是橘子園。

女人立刻在簷廊坐下，說道：

「風景很美喔。你看。」

「原來如此，真好。」

紙門內的房間很安靜，沒有任何人的動靜。女人也沒有要叫門的跡象。她只是坐在那裡，泰然自若俯視橘子園。我感到很不可思議。她本來到底是來幹嘛的？

最後無話可說，我倆都默默俯視橘子園。近午的太陽，讓整片山正面沐浴在溫暖的光線中，放眼所見的無數橘葉，連葉片背面都被反射的日光照得發亮。最後，後面的倉庫那邊有雞大聲咕咕咕叫。

「哎呀，已經中午了。差點忘了要辦的事。久一！久一！」

女人起身半彎著腰，倏然拉開緊閉的紙門。室內是空蕩蕩的五坪和室，狩野畫派的對幅冷清地妝點春日壁龕。

「久一！」

倉庫那邊終於傳來回應。腳步聲在紙門背後停住，門一拉開，只見白鞘短刀已落在榻榻米上。

「這是你伯父送你的餞行禮物。」

我壓根沒發現她是幾時把手伸進腰帶的。短刀翻滾了兩三下，在安靜的榻榻米上，滾到久一的腳下。可能是刀鞘太鬆，只見一寸寒光倏然閃現。

十三

我們坐船送久一到吉田的火車站。船上坐的，有送行對象久一，來送行的老人，那美，那美的兄長，扛行李的源兵衛，還有我。我當然只是陪客。

就算只是陪客，既然有人喊我，那我就去。不知有何意義也會去，非人情之旅毋須多作考慮。這艘船就像是加裝了船緣的木筏，底部平坦。老人坐在中間，我和那美坐在船尾，久一和那美的兄長在船頭。源兵衛守著行李單獨坐在別處。

「久一，你喜歡戰爭嗎？」那美問。

「不去試試我也不知道。想必會有痛苦，但應該也會有快樂吧。」不識戰爭滋味的久一說。

「就算再怎麼痛苦，也是為了國家。」老人說。

「收到短刀這種禮物，應該會想去戰場試一下吧？」女人又問出奇怪的問題。

「是啊。」久一輕輕點頭。

老人掀髯大笑。那美的兄長佯裝不知。

「你這樣蠻不在乎，真的能打仗嗎？」她不管三七二十一，把白皙的臉龐伸到久一面前。久一與兄長對看了一眼。

「那美如果去當軍人一定很強。」這就是做兄長的對妹妹說的第一句話。從語調聽來，好像不全然是開玩笑。

「你說我？我去當軍人？我要是能當軍人早就當了。而且現在已經死了。久一。你最好也死掉。活著回來可不好聽。」

「怎麼那樣亂講話——別理她，你可要打勝仗凱旋歸來。不是只有戰死才算報效國家。我自認還能再活個兩三年。我們一定會重逢。」

老人的語尾拉長，尾聲越來越細，最後化為一行淚。但他畢竟是男人所以並未失控地真情流露。久一不發一語，把頭一撇，看著河岸。

岸上有棵大柳樹，樹下繫著小舟，一個男人聚精會神盯著釣線。當我們一行人乘坐的船徐緩地拖曳水波經過他面前時，他驀然抬頭，與久一四目相對。目光相對的二人之間沒有碰撞出任何火花。男人滿腦子只想著魚，而久一的腦中連一條鯽魚的空間都沒有。我們的船靜靜行過姜太公的面前。

行經日本橋的人數，一分鐘不知有幾百人。如果站在橋畔，聽得見每個路過行人內心盤據的糾葛，恐怕會覺得茫茫浮世令人頭暈眼花難以生存吧。只因彼此都是陌生地相遇又分離，所以才會有人志願站在日本橋揮舞電車的旗子指揮交通。幸好姜太公並未探究久一為何一臉泫然欲泣。我回頭一看，他正安心盯著浮標。大概打算盯到日俄戰爭結束為止吧。

河面不太寬。河底很淺。水流徐緩。倚靠船舷，滑行水上，究竟何處是終點？非得走到春意盡，人喧鬧，只盼偶然相會之處才罷休。這個眉心印有一點腥紅的青年，不由分說地拖著我們一行人前進。命運之繩將把這個青年帶向遙遠、黑暗、可怕的北方，因此在某日某月某年的因果緣分下，和這個青年命運交錯的我們，在那因果緣分結束之前只能被這個青年帶領著向前走。緣盡之時，他與我們之間會響起「噗」的一聲斷了線，他會不容分說地獨自被拽到命運的手裡。我們也將不容分說地被留下。縱使苦苦哀求、掙扎，他也不會帶我們一起走。

船隻興趣地靜靜漂流。左右兩岸好像長著筆頭菜。河堤上有許多垂柳，可見零星的低矮房屋從柳樹之間露出茅草屋頂，被燻黑的窗戶。有時還有他們養的白色鴨子，嘎嘎叫著游到河中。

柳樹之間閃閃發光的似乎是白桃。織布機喀噹響的聲音傳來。聲音靜止時，只聞女人的歌聲咿咿呀呀傳到水上，但完全聽不懂她在唱什麼。

「先生，請替我畫一幅畫像。」那美要求。久一與兄長正在熱烈談論軍隊。老人不知幾時已打起瞌睡。

「沒問題。」我取出寫生簿，

春風解開緞子是誰家。

我寫給她看。她笑著說，

「不能用這種寫意的手法。請畫得仔細一點，要畫出我的氣勢才行。」

「我也想畫。問題是，妳的臉那樣子不能成畫。」

「你說話可真直接。那麼，到底要怎樣才能成為一幅畫？」

「放心，現在也能完成一幅畫。只是有點美中不足。如果畫中少了那個，有點可惜。」

「美中不足？我天生就是這張臉，沒辦法改。」

「天生的臉孔也能變化多端。」

「你是說全憑自己的心意變化嗎？」

「對。」

「看我是女人，就把人家當傻瓜。」

「就是因為妳是女人，才會說那種傻話。」

「那好，你先變臉給我看。」

「每天這樣變來變去已經夠了。」

女人默默扭頭。河岸不知幾時已降至水面的高度。放眼望去田裡全是蓮花，滴滴鮮紅，不知幾時被雨水沖刷，半已溶解的花海在煙霞中無邊無際。仰望半空，一座崢嶸的山峰自半山腰微微吐露春雲。

「你就是從那座山的對面翻越而來。」女人把玉手伸到船舷外，指著如夢般的春山。

「天狗岩就在那一帶嗎？」

「在那深綠色下方，不是有塊紫色的地方？」

「妳是指被日光照到的那裡嗎？」

「是日光嗎？那是光禿禿吧。」

「不對，那是凹陷。如果是禿了，看起來應該更接近褐色。」

「是嗎？總而言之，好像就在那一帶。」

「如此說來，七曲路要再往左邊一點。」

「七曲還在對面更遠的地方。是那座山再過去的那座山。」

「原來如此。不過，以方位來說，是飄著微雲的那一帶吧？」

「對，方位就在那邊。」

打瞌睡的老人，手肘從船舷滑落，倏然睜眼。

「還沒到嗎？」

他挺起胸膛，右肘向後撐，左手伸得筆直，用力伸個懶腰之後，順帶做出拉弓的姿勢。女人呵呵笑。

「這好像成了習慣動作……」

「看來您喜歡弓箭啊。」我也笑著問。

「我年輕的時候可以拉動握柄厚達二公分的弓。手到現在還很穩呢。」老人說著朝我拍拍自己的左肩。船頭的人正在大談戰爭。

船終於滑入看似市區的地方。可以看見拉門上寫著「供應酒菜」的居酒屋。還有古色古香的繩狀門簾，以及木材堆積場。甚至不時聽見人力車的聲音，燕子吱吱喳喳翻身飛掠，家鴨嘎嘎叫。船隻靠岸，我們一行人下了船前往火車站。

我終於被拖到現實世界。可以看到火車的地方就叫做現實世界。火車是最能夠代表二十世紀文明的產物，幾百人擠在同一個車廂轟隆經過，毫不容情。被塞在車廂中的人以同樣的速度，停在同一個火車站，然後同樣沐浴蒸氣的恩澤。人們說坐火車，我卻說被塞進火車。人們說搭乘火車過去，我卻說被火車搬運過去。再沒有比火車更蔑視個性的東西。文明使盡各種手段，極度發達個性後，又千方百計試圖踐踏這種個性。每人只能分到丁點大的地面，在這塊面積之中隨你是睡是醒，這就是當今文明。同時又在這方寸之地的周圍豎立柵欄，恐嚇你不得逾越一步，這就是當今文明。在那方寸之地隨心所欲的人，也想在柵欄外隨心所欲，這本就是自然天性。於是可憐的文明國民日夜抓著這柵欄撕咬咆哮。文明賦予個人自由，令其獰猛如老虎後，又把人關進牢籠內，藉以維持天下太平。這種太平並非真正的太平，這和動物園的老虎臥在籠中瞪視觀眾是同樣的太平。只要拔掉一根牢籠的欄杆——世間馬上會雞飛狗跳。第二次法國大革命想必會在此時爆發。個人的革命如今早已日夜不斷爆發。北歐知名的劇作家易卜生針對這種革命發生的狀態向我們舉出詳細的例證。每次看到火車不顧一切，把所有的人當成貨物載運猛烈奔馳，我就會拿被關在車廂的個人，與這種毫不注重個人性格的鐵皮車做比較——危險，危險，再不留意就危險了。現代文明充斥著這種撲鼻而來的危險，朝著黑暗盲目狂奔的火車正是危險的標本之一。

我在火車站前的咖啡店坐下，一邊望著艾草麻糬一邊思考火車論。這個不能寫在寫生簿上，也沒必要告訴別人，因此我默默吃麻糬喝茶。

對面的折疊椅上坐了二個人。同樣穿草鞋，一個披著紅毛毯，一個身上的淺綠色緊身褲膝蓋有補釘，他正用手按著補丁的地方。

「還是不行嗎？」

「不行啦。」

「要是像牛一樣有兩個胃袋就好了。」

「有二個胃袋就太完美了，一個生病時，只要割掉就沒事了。」

這個鄉下人看似有胃病。他們連吹過滿洲原野的風是什麼氣味都不知道。也看不出現代文明有弊端。革命是什麼東西，他們連這兩個字都沒聽說過。或許連自己究竟有一個胃還是兩個胃都搞不清楚。我取出寫生簿，畫下二人的模樣。

鈴聲響起。票早已買好。

「好了，我們走吧。」那美說著站起來。

「嘿咻。」老人也起身。一行人穿過剪票口，前往月台。鈴聲響個不停。

轟隆巨響，閃爍白光的鐵軌上，文明的長蛇蜿蜒而來。文明的長蛇從口中吐出黑煙。

「終於要離別了嗎。」老人說。

「那你們多保重。」久一低頭行禮。

「去壯烈成仁吧。」那美再次說。

「行李送來了嗎？」哥哥問。

長蛇在我們面前停下。側腹有許多門打開。人們進進出出。久一上車了。老人和哥哥、那美，還有我都站在車外。

只等車輪一轉，久一就不再是我們這個世界的人了。他將去很遠很遠的世界。在那個世界，人們在煙硝味中忙碌奔走，會因紅色的事物[72]滑倒，摔得很慘。天空據說會有巨響砰砰砰。即將前往那種地方的久一，站在車廂中默默無語，望著我們。把我們從山中拖出來的久一，與被他拖出來的我們，彼此的因果緣分到此結束。其實正已漸漸緣盡。只是車門和車窗還開著，只是彼此還看得見對方的臉，只是在離去者與送行者之間相隔不到二公尺，緣分就已漸漸斷絕。

車掌砰砰砰地用力關緊車門，一邊朝這邊跑來。每關上一扇車門，離去者與送行者的距離便越發遙遠。最後，久一那節車廂的車門也猛然關閉。世界已一分為二。老人不由自主靠近車窗。青年從車窗伸出頭。

「小心！要發車囉！」話聲方落，毫無眷戀的鐵皮車已空咚空咚有節奏地啟動。車窗一一經過我們的眼前。久一的臉越來越小，最後的三等車廂經過我面前時，車窗中，又探出一張臉。

褪色的褐色呢帽下方，滿臉鬍子的野武士依依不捨地伸出頭。那一瞬間，那美與野武士意外地面對面。鐵皮車空咚空咚奔馳。野武士的臉孔轉瞬消失。那美神色茫然，目送遠去的火車。在她的茫然神色中，不可思議地，浮現了過去從未出現的「憐憫」之情。

「就是那個！就是那個！有了妳那個表情就能成為一幅畫了！」

我拍著那美的肩膀小聲說。我心中的畫面在這一瞬間完成了。

72 鮮血。意指士兵在戰場上血流成河。

夢十夜

第一夜

我做了這樣的夢。

我交抱雙臂坐在枕畔，仰臥的女人以平靜的聲調說她就要死了。她的長髮鋪在枕上，輪廓柔和的瓜子臉安放在中央。雪白的臉頰恰到好處地透出溫暖的血色，唇色當然很紅潤。看起來一點也不像將死之人。但女人語帶平靜，篤定地說她就要死了。我也認為這樣或許的確會死吧。這時，我從上方湊近她試問：「會嗎？真的要死了嗎？」「當然要死。」女人說著，睜大雙眼。那是水汪汪的大眼睛，被修長的睫毛圍繞，眼中一片幽深漆黑。在那漆黑的眼眸深處，鮮明浮現我的身影。

我望著黑眸看似幽深得透明的光澤，思忖她這樣是否真的會死。於是，我親密地把嘴貼近枕畔，又問了一次，「應該不會死吧？想必沒事吧？」結果女人困倦地睜著黑眼睛，還是語帶平靜說，「可是，我真的要死了，沒辦法。」

我一心追問，「那妳看得見我的臉孔嗎？」她對我嫣然一笑，「這還用問嗎，你瞧，不是已映現在我眼中？」我陷入沉默，臉孔離開枕畔。我交抱雙臂，思索她是否真的非死不可。

過了一會，女人又說：

「等我死後，請將我埋葬。用巨大的珍珠貝替我挖墓穴。以天上墜落的星星碎片當作我的墓碑。之後請你在墓旁等候。我將回來與你重逢。」

我問她幾時才會回來見我。

「太陽會升起對吧。然後太陽會沉落，然後會再度升起，又再度沉落——就在火紅的太陽這樣日復一日東升西落時——我問你，你等得了嗎？」

我默默頷首。女人原本平靜的語調倏然拔高，

「請等候一百年。」她以堅決的聲調說。

「請在我的墓旁坐等一百年。我一定會回來見你。」

我只回答了一句「我等」。這時，自己鮮明映現在那黑眸中的身影，倏然破碎。彷彿靜水流動攪亂了水面倒影，才見它要流出，孰料女人猛然闔眼。淚珠自修

長的睫毛之間滑落臉頰。——她已經死了。

之後我走下院子，用珍珠貝挖洞。珍珠貝是一種大而光滑、邊緣銳利的貝殼。每挖起一捧土，貝殼內面便被月光照得瑩然生光，也散發潮濕的泥土味。我挖了一會，把女人放進土坑中，然後自上方悄然覆蓋柔軟的泥土。每次覆土，珍珠貝的內面便被月光照亮。

接著我拾來墜落的星星碎片，輕輕放在土上。星星的碎片圓滑。我想大約是長時間墜落宇宙長空之際把邊角打磨平滑了。抱起它放在土上時，自己的胸膛與雙手也感到稍有暖意。

我坐在青苔上。一邊思忖接下來要這樣等待一百年，一邊交抱雙臂，眺望渾圓的墓碑。後來，果如女人所言，旭日自東方升起。那是一輪巨大的紅日。之後同樣如女人所言沉入西方。就這樣火紅地倏然墜落。我默數這是第一個。

過了一段時間，又有火紅的太陽緩緩升起。然後默默墜落。我又默數這是第二個。

在我這樣一個又一個計算的過程中，不知見過多少次紅日。我數了又數，算了又算，數不清的火紅太陽越過頭頂而去。但一百年還是沒到。最後，我望著長滿青苔的圓石，開始懷疑自己是否被女人騙了。

這時石頭下方冒出一支青莖斜斜朝我伸來。轉眼已長到了我胸口的高度。隨即，在裊裊晃動的莖幹頂端，微微垂首的一朵細長花苞已緩緩綻放。潔白的百合花在鼻頭散發徹骨芬芳。這時遙遠的上空倏然滴落露水，百合花遂因自己的重量輕輕搖曳。我俯首向前親吻沾有冰涼露水的白色花瓣。當我的臉孔離開百合花時，不經意望向遠空，只見一顆破曉晨星閃爍天際。

「原來一百年早已到了。」直到此刻我才驚覺。

第二夜

我做了這樣的夢。

我離開和尚的禪室，沿著走廊回自己的房間後，只見室內的燈籠光線朦朧。我屈起單膝跪在坐墊上，撥亮燈芯時，宛如丁香的燈花啪地落在朱漆台面。同時室內也大放光明。

紙拉門上的畫是蕪村[1]的作品。或濃或淡、遠遠近近地畫出墨柳，還有衣衫單薄的漁夫斜戴斗笠行過土堤。壁龕掛著文殊菩薩渡海圖的掛軸。燒剩的線香在暗處猶有餘香縈繞。寺院很大，故格外顯得冷清，不見人影。圓燈籠在漆黑的天花板映出渾圓的影子，仰頭一看頓時顯得栩栩如生。

我保持屈膝的姿勢，左手掀起坐墊，把右手伸進去一摸，果然在我猜想的地方找到那個。有了那個便可安心，於是我把坐墊又重新放好，在上面重重坐下。

「你是武士。既然是武士就不可能無法開悟。」和尚說。「如果一直這樣執迷不悟，你就不配當武士。」和尚說那樣只是廢物。「哈哈，你生氣了。」和尚說著笑了。「如果不服氣就拿出你開悟的證據來！」說完和尚猛然把頭往旁一撇。真是可惡。

放在隔壁房間壁龕的座鐘再次敲響之前，我一定會開悟給和尚看。開悟之後，今晚我會再次去見和尚做禪宗問答。然後拿和尚的腦袋與開悟交換。如果沒有開悟，就無法取得和尚的性命。我非開悟不可。我是武士。

如果無法開悟我就引頸自裁。武士一旦受辱，斷然無法苟且偷生。我要死得乾淨漂亮。

這麼想時，我的手不禁又伸向坐墊底下。然後我抽出一把朱鞘短刀。我用力握緊刀柄，取下朱紅的刀鞘，冰冷的刀刃霎時在昏暗的室內一亮，彷彿有可怕的東西徐徐從手裡逃脫。並且悉數聚集在刀尖，將殺氣凝聚在某一點。我看著這把銳利的刀子憾恨地凝縮如針尖，不足三十公分長的前端被磨尖的樣子，忽然很想操起刀子狠狠捅下去。渾身的血液湧向右手手腕，緊握的刀柄黏糊糊。我的嘴唇正顫抖。

把短刀收回鞘中放到右側，然後我盤腿打坐。——趙州[2]云「無」。「無」是

---

1 与謝蕪村（1716-1783），江戶中期的俳人、畫家。

什麼？臭和尚！我咬牙暗罵。

我用力緊咬臼齒，鼻子激動地噴出熱氣。太陽穴緊繃刺痛。眼睛也瞪得有平時的兩倍大。

可以看見掛軸。可以看見燈籠。可以看見榻榻米。可以清楚看見和尚的光頭。甚至聽得見他張開大嘴嘲笑的聲音。可惡的和尚。我非砍下那禿驢腦袋不可。我要開悟給他看！無、無、無……我在舌根喃喃叨念。明明是「無」卻還是有線香的氣味。區區線香而已，算什麼東西！

我猛然握緊拳頭狠狠敲自己的頭。然後咬牙切齒，兩腋冒汗，背部僵硬如棒，膝蓋關節驟然發疼。我心想哪怕膝蓋斷了又怎樣。但就是很痛。很苦。「無」就是不肯出現。每當感覺它要出現就會立刻疼痛。我很氣憤，很不甘心，非常懊惱，淚如雨下。我恨不得索性縱身墜落巨岩，粉身碎骨。

但我還是忍著端坐不動。將那難以承受的悲苦隱忍在心頭。那種悲苦自全身的肌肉下方往上湧，急著想從毛孔噴出去，可到處都塞住了，彷彿完全沒有出口，處於極端殘酷的狀態。

最後我的腦袋也出了問題。燈籠和蕪村的畫作、榻榻米、裝飾架全都若有似無，若無似有。但「無」還是壓根不肯出現。我似乎只是在隨意呆坐。這時鄰室的座鐘忽然「噹——」地響起。

我霍然一驚，右手立刻摸上短刀。時鐘又敲響了第二下。

第三夜

我做了這樣的夢。

我揹著六歲孩童。那的確是自己的親生骨肉。但不可思議的是，不知幾時他的眼睛瞎了，變成小光頭。我問那孩子眼睛是幾時瞎的，孩子回答：「嗐，從以前就

2 趙州從諗（778-897），唐代的禪僧。禪宗經典《無門關》記載了這則有名的公案：「趙州和尚因僧問：『狗子還有佛性也無？』州云：『無。』」

是這樣唄」。聲音的確是童音沒錯，遣辭用字卻完全像個成年人，而且態度就像我的平輩。

左右兩邊都是綠油油的稻田。路很窄。鷺鷥的影子不時掠過黑暗。

「我們正經過田裡吧？」孩子在背上說。

「你怎麼知道？」我扭頭詢問。

「不是有鷺鷥在叫嗎？」他回答。

這時鷺鷥果真叫了二聲。

雖是自己的骨肉但我還真有點怕了。揹著這種玩意兒，今後還不知會有什麼下場。有沒有什麼地方可以打發他呢？我朝對面一望，只見黑暗中有大片森林。我心生一念：那裡應該可以？頓時背上傳來聲音：

「呵呵。」

「你笑什麼？」

小孩沒有回答。只是問道：

「爸爸，我重嗎？」

「不重。」我回答。

「馬上就會變重了。」小孩說。

我默默朝森林走去。田間小徑不規則地蜿蜒曲折怎麼也無法順利走出。走了一陣子變成岔路了。我站在岔路口，稍事休息。

「應該有塊石頭豎立吧。」小孩說。

的確有塊寬約八寸、高度及腰的方形石頭豎立。正面刻有「左往日窪[3]，右往堀田原[4]」。雖在黑暗中，紅色的字跡依然清晰可見。紅字是蠑螈腹部那種顏色。

「走左邊吧。」小孩命令道。我朝左一看，剛才看到的那片森林，自高空在我頭頂罩下幢幢暗影。我不免有點躊躇。

「用不著顧慮。」小孩又說。我只好朝森林邁步走去。我心裡一邊思忖這個小

3 日窪，東京都港區麻布的地名。

4 堀田原，東京都台東區淺草壽町附近的舊稱。

瞎子倒是無所不知，一邊沿著唯一路徑走近森林，這時背後又傳來聲音：

「瞎子就是不方便。」

「反正有我揹你不就好了。」

「讓你揹我真不好意思，但是被人瞧不起很討厭。甚至連自己的父母都瞧不起我。」

我忽然心生厭煩。還是趕緊去森林丟下他吧，我加快腳步。

「再走幾步路你就知道了。——當時正好也是這樣的夜晚。」小孩在背後自言自語。

「知道什麼？」我驚慌地尖聲詢問。

「還會有什麼，你這不是明知故問嘛。」小孩嘲諷地回答。於是我也覺得自己好像真的知道什麼，但我還是摸不著頭緒。只覺得似乎的確有過這樣的夜晚，而且好像再走幾步路自然就會見分曉。我總覺得屆時知道了真相會很麻煩，所以還是趁著不知道時趕緊扔下他才能安心。我越發加快腳步。

打從剛才就開始下雨。路越走越暗。我幾乎是心無旁騖地趕路。只是背上巴著一個小孩，那個小孩鉅細靡遺地照亮我的過去、現在、未來，宛如絕不漏失分毫事實的鏡子閃閃發光。而且那是自己的親生骨肉。又是個瞎子。我已忍無可忍。

「就是這裡，就是這裡。正好就在那棵杉樹的根部。」

小孩的聲音在雨中清楚傳來。我不禁停下腳步。不知不覺已進入森林中，就在一兩公尺之外的黑色物體看起來的確如小孩所言是棵杉樹。

「爸爸，當時就是在那棵杉樹的根部吧？」

「嗯，沒錯。」我不禁脫口回答。

「是文化五年[5]，也就是辰年吧？」

的確好像是文化五年辰年。

「你就是在距今一百年前殺死我。」

5 文化五年（一八〇八）正逢辰年（龍年）。《夢十夜》發表於一九〇八年，正好相距百年。

一聽到這句話，在距今一百年前文化五年辰年的這種暗夜，我在這棵杉樹下殺死一個瞎子的自覺，忽然浮現腦海。我第一次發現自己原來是個殺人兇手，頓時，背上的孩子突然變得如地藏石像一樣沉重。

第四夜

寬敞的土間中央放著看似乘涼用的長椅，周圍排放著小折疊椅。長椅發出烏光。角落有個老頭對著方形餐盤獨自飲酒。下酒菜似乎是滷菜。

老頭喝了酒後滿臉紅通，而且臉皮光滑完全找不出任何皺紋，只是留了一把白鬍子所以好歹還看得出是老人家。我年紀雖小，也不免好奇這個老頭究竟幾歲了。這時老闆娘正從屋後的水管打完水裝在小桶拎回來，一邊拿圍裙擦手，一邊問道：

「老先生多大年紀了？」

「我已經忘記自己幾歲了。」老頭狼吞虎嚥著滷菜，他裝傻說。

老闆娘把擦乾的手插在細帶之間，站在一旁打量老頭的臉孔。老頭拿起如飯碗那麼大的碗大口喝酒，然後，白鬍子之間呼地吐出一口長氣。這時老闆娘又問：

「老先生家在何處？」老頭中途打斷吐氣，

「在肚臍深處喲。」他說。老闆娘的手依然插在細腰帶之間，

「那你要去哪裡？」她再問。這時老頭又端起大碗大口灌下熱酒，像之前一樣呼出一口氣，

「去那邊。」他說。

「直走嗎？」就在老闆娘詢問時，老頭吐出的氣越過紙門穿過柳蔭，筆直朝河岸而去。

老頭走到門外。我也跟著走出去。老頭的腰上掛著一個小葫蘆，肩頭掛著一個方形箱子垂在身側。他穿著淺黃色緊身褲，淺黃色背心，只有襪子是鮮黃色，看起來好像是某種獸皮製成的襪子。

老頭筆直走到柳蔭下。柳蔭下有三、四名孩童。老頭含笑自腰間取出淺黃色手

巾，他將手巾搓成細長的條狀，然後放在地面中央，接著在手巾的周圍畫一個大圓圈，最後從肩上掛的箱子取出賣糖人吹的那種黃銅笛子。

「這條手巾馬上會變成蛇，你們看好喔。看好喔。」他一再重申。

孩童拼命注視手巾。我也在看。

「看好喔，看好喔，準備好了嗎？」老頭說著吹起笛子，沿著圓圈不停繞圈子。我只盯著手巾。但手巾文風不動。

老頭吹得笛子嗶嗶叫，而且在圓圈上方繞了一遍又一遍。彷彿刻意踮起草鞋尖，彷彿躡手躡腳，彷彿對手巾心存忌憚，他不停繞圈子。看起來有點可怕，又似乎很有趣。

最後老頭忽然停止吹笛。接著，他打開掛在肩上的箱子，倏然抓起手巾頂端，迅速扔進箱中。

「只要這麼做，就會在箱中變成蛇。我馬上就變給你們看。馬上就變給你們看。」說著，老頭筆直邁步向前走。他穿過柳蔭下，沿著小徑筆直往下走。我想看蛇，因此也跟在後面一路尾隨。老頭一會說「立刻變」，一會又說「變成蛇」，就這樣向前走。最後，他沿路唱著：

立刻變，變成蛇，
一定變，笛聲響。

終於走到了河岸邊。沒有橋也沒有船，所以我以為他會在這裡停下來給我看箱中蛇，不料老頭居然嘩啦嘩啦大步走進河中。起初水深及膝，但漸漸從腰部到胸部都浸入水中看不見了。即便如此，老頭依然高唱：

漸漸深，變夜晚，
變筆直。

他就這麼筆直向前走。最後連鬍子臉孔腦袋頭巾通通都不見了。
我以為老頭走到對面岸上時會給我看蛇，於是站在蘆葦沙沙作響的地方，孤零零地苦苦等候。然而，老頭終究沒有上岸。

第五夜

我做了這樣的夢。
好像是很久很久以前，大概接近神話時代吧，我出征不幸敗北，故遭到生擒，被拖到敵方的將軍面前。
當時的人都生得高大。而且，大家都留著一把長鬍子，腰繫皮帶，掛著棒狀長劍。使用的弓好像是直接利用粗藤製成，既沒有塗漆也沒有打磨，非常素樸。
敵方將軍右手握著弓的中央，把弓往草上一插，坐在看似倒扣的酒甕上。我一看那張臉，只見鼻子上方，兩條粗眉相連。當時自然沒有剃刀這種東西。

我是俘虜，不可能有椅子可坐，因此我在草地上盤腿而坐。腳上穿著大草鞋，這個時代的草鞋很長，立起來時直達膝蓋。邊緣還剩一些稻草沒編進去，像流蘇一樣垂落，一走路就碎碎晃動，成了裝飾。

將軍藉著篝火注視我的臉，問我要死還是要活。這是當時的習慣，基本上都會問俘虜這句話。如果回答要活就表示投降，如果說要死就代表不屈服。我當下回答要死。將軍把插在草地上的弓拋向對面，猛然抽出掛在腰上的長劍，這時篝火在風勢影響下打橫掃來。我的右手張開如楓葉，將掌心對著大將，高舉到眼睛上方。意思是等一下。將軍又把長劍收回刀鞘。

當時我正在戀愛，我說想在臨死之前再看一眼我鍾情的女子。將軍說那就姑且等到天亮雞啼為止。我必須在雞啼之前把女人叫來這裡。如果雞啼時女人還沒來，那我就無法見到她最後一面。

將軍依舊坐著眺望篝火。我把大草鞋交疊，坐在草地上等女人。夜色漸深。

不時響起篝火崩塌的聲音。每次崩塌，便有火舌狼狽地倒向將軍。烏黑的雙眉下，將軍的眼睛炯炯發光。這時就會有人過來，把大量的樹枝扔進火堆中。過了一會，火焰又開始劈哩啪啦作響。那是幾可驅趕黑暗的勇武之聲。

此時，女人牽出繫在屋後橡樹上的白馬。撫摸馬鬃三次後，她翩然跳上高高的馬背。那是沒有披掛馬鞍也沒有馬鐙的裸馬。女人修長的玉腿朝馬肚一踢，馬立刻向前飛奔。有人替篝火添加了木柴，因此遠方的天空看似微亮。馬就朝著那明亮的火光奔馳在黑夜中，鼻子噴出兩條火柱般的呼氣飛快奔馳。但女人纖細的雙腿還是不停踢馬肚催促，馬蹄飛也似地響徹天際，女人的秀髮如旗幟在黑暗中飄揚，但她還沒抵達篝火所在之處。

這時漆黑的路旁，忽然響起咕咕咕的雞叫聲。女人身子向後仰，雙手握著的韁繩猛然一緊。馬的前蹄倏然陷入堅硬的岩石。

雞又叫了一聲咕咕咕。

女人失聲驚呼，放鬆了本拉緊的韁繩。馬當下跪倒，與騎馬的人一同向前撲去。岩石下方就是深淵。

馬蹄印至今留在岩石上。模仿雞鳴的是天探女[6]。只要這印有馬蹄的岩石還在，天探女就永遠是我的敵人。

第六夜

據說運慶[7]正在護國寺的山門雕刻金剛力士，所以我散步過去一探究竟，沒想到已有許多人比我先一步抵達，正在七嘴八舌地大發議論。

山門前的九、十公尺外，有棵巨大的赤松，樹幹傾斜遮住山門的屋瓦，伸至遙遠的藍天。松樹的蒼翠與朱漆大門相互襯映格外好看。而且松樹的位置生得好。它斜著切過山門左端不至於礙眼，而且越上方的枝葉伸展得越寬闊，甚至超出屋頂，看起來頗有古風。令人聯想到鎌倉時代。

6 天探女，即天邪鬼，是日本神話中的惡神。擅長模仿，喜歡刺探他人的心事。
7 運慶，生卒年不詳，鎌倉時代最具代表性的佛師。創作各大寺廟的佛像。

但圍觀者全都和我一樣，是明治時代的人。其中尤以車夫最多，肯定是在路口等著載客很無聊所以才站在這裡。

「好大啊。」有人說。

「想必比雕刻人像更費工夫吧。」也有人說。

我心想是這樣嗎，這時有個男人說，「咦，是金剛力士啊。這年頭還有人雕刻金剛力士啊。這樣啊。我還以為金剛力士都是老古董。」

「好像很厲害喔。畢竟那可是金剛力士。自古以來論及何者最強，再沒有比金剛力士更強的。據說比日本武尊[8]還厲害喔。」也有男人這樣搭話。此人把衣服撩起塞進腰帶，也沒戴帽。看起來似乎沒受過什麼教育。

運慶不理會看熱鬧的人們如何議論，逕自揮舞鑿子與槌子，始終沒回頭。他站在高處，正在專心雕刻金剛力士的臉部。

運慶頭上戴著類似烏紗帽的小帽，身上穿的不知是素袍[9]還是什麼，寬大的袖子紮在背後。那個樣子看起來就很古老，和嘰嘰喳喳看熱鬧的人群似乎完全不搭調。我很好奇運慶何以能夠活到這個時代。想想總覺得很不可思議，一邊還是繼續站著看。

但運慶自己似乎壓根不覺得奇怪或不可思議，還在拼命雕刻。一個年輕男人仰望他這種態度，朝我扭過頭，

「不愧是運慶。眼裡完全沒有我們。態度儼然是『天下英雄唯金剛力士與我』。了不起。」他如此讚賞。

我認為這番話很有意思。於是朝年輕男人看了一眼，年輕男人立刻又說，

「你看那鑿子與槌子的使用方式，已臻隨心所欲的自在妙境。」

運慶這時正在雕刻一道一寸高的濃眉，鑿齒忽直忽斜，從上方敲落槌子。削去堅硬的木頭後，厚厚的木屑隨著槌子敲擊聲飛濺，鼻翼怒張的鼻子側面頓時已宛然浮現。他的下刀方式自由奔放，而且似乎沒有絲毫遲疑。

8 日本武尊，《古事記》《日本書紀》中的英雄。景行天皇的皇子。

9 素袍，室町時代的武士便服，到了江戶時代變成禮服。

「虧他那樣率性地運用鑿子，居然能夠雕刻出想要的眉毛與鼻子。」我非常折服不禁如此自言自語。結果剛才那個年輕男人聽了，

「哪裡，那根本不是用鑿子刻出眉毛與鼻子。是眉毛與鼻子本就埋在木頭中，被他用鑿子與槌子的力量挖掘出來罷了。就像從土中挖出石頭，所以當然不可能出錯。」

這時我才第一次感到雕刻原來是這麼回事啊。若真是如此那麼任誰都可以做得到。於是我忽然也想雕刻金剛力士了，我無心再看熱鬧，當下匆匆返家。

我從工具箱取出鑿子與槌子，到後院一看，之前有棵橡樹被暴風雨吹倒，因此我請木匠把樹切成許多大小適中的木塊，堆在一起準備當柴火。

我挑了一塊最大的木頭，立刻興沖沖動手雕刻。不幸的是，我找不到金剛力士。第二塊還是不走運地沒有挖到。第三塊也沒有金剛力士。我把堆積的木柴逐一拿來雕刻，但沒有一塊藏著金剛力士。最後我醒悟明治的木頭終究不可能埋藏金剛力士。於是這才大致明白運慶能夠活到今日的理由。

第七夜

我正在一艘大船上。

這艘船日日夜夜時時刻刻噴出黑煙破浪前進，聲音震耳欲聾，卻不知船要駛往何處。只見海浪底下升起一抹如燒紅火筷似的太陽。才剛看它升到高高的帆桅上方懸掛片刻，不知幾時已越過大船，先行一步。而且，最後又像燒紅的火筷咻地沉落海浪底下。每次蔚藍的海面都在遙遠的彼方染成暗紅色翻滾沸騰，這時大船會發出巨響循著那軌跡追去。但大船永遠追不上太陽。

有一次，我抓著船上的男人問：

「這艘船要去西方嗎？」

船上的男人面露訝異，看了我半晌，最後反問：

「為何這麼問？」

「因為船好像在追逐落日。」

男人呵呵笑。然後掉頭離去。

「往西的太陽，盡頭是東嗎？那是真的嗎？日出在東方，故里在西方嗎？那也是真的嗎？身在海上，以船為家。隨波漂啊漂。」他唱道。我走到船頭一看，大批水手擠在一起，正在拉扯粗大的纜繩。

我開始惶惑不安。不知幾時才能上岸，也不知要去何處。唯一確定的是大船噴出黑煙破浪前行。那浪濤非常遼闊，看似蔚藍無垠，也有時變成紫色，唯有大船周圍始終噴吐雪白的泡沫。我非常惶惑不安，我覺得與其待在這種船上不如縱身海中一死了之。

船上有很多乘客，多半看似是外國人，但臉孔各不相同。天氣惡化使得大船搖晃時，一名女子憑欄而立，嚶嚶哭泣。她拭淚的手帕看似白色，但身上穿著印花洋裝。看到這個女人時，我察覺悲傷的不只是自己。

某晚我來到甲板上，正在獨自看星星時，一名外國人走來，問我懂不懂天文學。我已經無聊得想尋死了，壓根沒必要懂什麼天文學。我緘默不語。於是那個外國人告訴我位於金牛宮頂端的北斗七星的故事，並且說星星與大海都是神的產物。最後他問我是否信仰神。我看著天空默默無語。

有一次我走進船上的交誼廳，只見衣著華麗的年輕女子背對我，正在彈鋼琴。她的身旁站著一名高大偉岸的男人引吭高歌，他的嘴巴看起來非常大。但二人似乎對他倆以外的事都漠不關心，甚至好像忘了自己還身在船上。

我越發無聊。終於決心尋死。於是某晚，趁著夜深人靜四下無人，我心一橫跳入海中。但是——就在我的腳離開甲板，與大船徹底分開的那一剎那，我忽然不想死了。我衷心後悔自己為何要做傻事。然而，已經太遲了。不管我願不願意都必須墜入海中。但這艘船的船身似乎非常高，我的身體雖已離船，腳卻遲遲沒碰到水。但也沒東西可讓我抓，所以我還是逐漸接近水面。就算我縮起雙腿還是逐漸接近。只見水色漆黑。

之後大船照例噴出黑煙，從我身旁揚長而去。我這才醒悟，縱然不知船要開往何處，還是該待在船上才對，而那種醒悟無濟於事，我只能抱著無限的後悔與恐懼靜靜墜落漆黑的海浪中。

第八夜

一跨進理髮店的大門，就有三、四個穿白大褂的人擠在一起齊聲對我說歡迎光臨。

我站在中央四下一望，這是四方形的房間。二面有窗，另外二面懸掛鏡子。細數之下鏡子共有六面。

我來到其中一面鏡子前坐下。屁股沉陷後又彈起。可見這椅子坐起來有多麼舒適柔軟。鏡子清晰映出我的臉孔，在我的臉孔後方可以看見窗子，斜後方還有櫃台的鏤空屏風，但屏風後面空無一人。窗外來往行人的上半身清晰可見。

我看見庄太郎帶著女人經過。庄太郎不知幾時買了巴拿馬草帽戴在頭上，身旁的女人也不知是他幾時弄上手的。我有點不明白。雙方似乎都很得意。我正打算把女人的臉孔看清楚一點，他們已經走過去了。

賣豆腐的吹著喇叭經過。他把喇叭抵在嘴上，臉頰像被蜜蜂螫了似地鼓起來。他就那樣鼓著臉走過，令我耿耿於懷。總覺得他好像一輩子都在被蜜蜂螫。

藝妓出來了，她還沒化妝。鬆垮垮的島田髻，感覺腦袋還沒上緊發條。臉上也睡意惺忪，氣色糟得令人同情。她就那樣行禮如儀，客套著說：「您好，還過得去」，但她的說話對象始終沒有現身鏡中。

這時穿白大褂的高大男人走到我身後，拿著剪刀與梳子開始打量我的腦袋。我捻著稀疏的鬍子，問他覺得如何，可以弄得像樣一點嗎。白衣男人不發一語，拿手裡的琥珀色梳子輕敲我的腦袋。

「來吧，還有頭髮也是，如何，可以弄得像樣一點嗎？」我問白衣男人。男人還是不發一語，開始耍得剪刀喀喀響。

我睜大雙眼打算將鏡中模樣看得一清二楚，但是每次剪刀一響就有黑色的髮屑亂飛，我有點害怕，最後只好閉上眼。這時白衣男人說，

「您看到門口賣金魚的嗎？」

我說我沒看到。白衣男人就此噤口不語，頻頻揮舞剪刀。這時忽然有人大聲喊危險。我吃驚地睜眼，在白衣男人的袖子底下看見自行車的車輪，看到人力車的握把。隨即，白衣男人雙手按住我的頭猛然向旁一扭。自行車與人力車都完全看不見了。唯有剪刀喀喀響。

之後，白衣男人繞到我的身側，開始剪耳朵的地方。頭髮不再向前飛，所以我安心睜開眼。「賣小米麻糬呀，賣麻糬呀，麻糬呀」的聲音就在附近。小販故意把小磨杵放在磨臼中，有節奏地搗麻糬。我只有在兒時見過別人賣麻糬，所以很想看一下是什麼樣子。但賣麻糬的始終不曾在鏡中出現，只聞搗麻糬聲陣陣傳來。

我極力試圖窺視鏡子的角落。這才發現櫃台的屏風內不知幾時已端坐一名女子。那是膚色微黑、身材高大的濃眉女子，頭髮綁成銀杏髻，穿著黑色緞面假領的單袍，她屈起單膝坐著正在數鈔票。鈔票好像是十圓鈔票。女人垂下長睫毛抿緊薄唇正在拼命數鈔票，她數鈔票的動作非常迅速，而且鈔票似乎永遠數不完。放在膝上的鈔票頂多只有一百張，但那一百張不管數了多久還是有一百張。

我茫然凝視這個女人的臉孔與十圓鈔票。這時白衣男人在我耳邊大聲說，「我們去洗頭吧。」這正是好機會，所以我從椅子一站起，立刻轉身看向櫃台。但屏風內沒有女人也看不見任何鈔票。

我付了錢走出理髮店，門口的左側，排放著五個小桶。桶內裝有許多紅金魚、斑點金魚、瘦金魚，與胖金魚。賣金魚的小販就站在桶子後面。小販凝視放在自己面前的金魚，手托著腮一動也不動，對於喧鬧的來往行人幾乎沒放在心上。我站了一會打量這個賣金魚的小販。但在我打量他的期間，小販始終文風不動。

第九夜

世間似乎開始動盪不安。看來戰爭隨時會爆發。彷彿有一匹逃出火場的裸馬，不分晝夜繞著屋子撒野狂奔，步兵們也不分晝夜爭先恐後跟在後面追趕。可是家中一片死寂。

家裡有年輕的母親和三歲的孩子。父親不知去向。父親離家，是在一個沒有月亮的深夜。他坐在地板上穿草鞋，披上黑頭巾，自後門口離去。當時母親拿的燈籠在黑暗的夜色中射出一條細長光線，照亮樹籬前的老檜樹。

父親就此一去不回。母親每天問三歲的孩子：「爸爸呢？」孩子不發一語。過了一陣子，孩子學會回答：「那邊。」母親問：「爸爸什麼時候回來？」孩子還是笑著回答：「那邊。」這時母親也笑了。然後反覆教孩子說「爸爸馬上就回來」這句話。但孩子只記住「馬上」。有時母親問孩子「爸爸在哪裡」，孩子也會回答：「馬上」。

入夜後，當四下萬籟俱寂，母親會重新綁好腰帶，把鯊魚皮刀鞘的短刀插在腰間，用細帶將孩子綁在背上，悄悄溜出去。母親總是穿草鞋。有時孩子聽著這草鞋聲就在母親的背上睡著了。

沿著土牆蜿蜒的住宅區往西走下去，走到徐緩的坡道盡頭後，有棵巨大的銀杏樹。以這棵銀杏為目標向右轉，一百公尺之外有石製鳥居。走在一邊是田地一邊是竹林的小徑來到鳥居，穿過鳥居後，眼前是黑壓壓的杉樹林。之後沿著石板走了三、四十公尺左右，就來到古老正殿的階梯下。已褪成鼠灰色的功德箱上方，垂掛著繫鈴鐺的粗繩，白天看時，那個鈴鐺旁邊還有八幡宮的匾額。「八」這個字，寫得像是二隻鴿子面對面很有趣。此外也有各種匾額，多半是奉獻藩內武士競技射中的金靶，附帶題上射中者的姓名。偶爾也有人奉獻的是長刀。

鑽過鳥居，杉樹梢頭有貓頭鷹的叫聲不絕於耳，還有粗製草鞋的聲音啪啪響。腳步聲在正殿前停止後，母親先搖響鈴鐺，緊接著蹲身拍手。通常這時貓頭鷹會忽然銷聲匿跡。然後母親一心不亂祈求神明保佑丈夫平安無事。依母親的想法，她認定丈夫既然是武士，那麼只要來供奉弓矢之神的八幡宮這樣虔誠祈禱，想必神明沒有不聽的道理。

孩子經常被這鈴鐺聲吵醒，四下一望一片漆黑，於是突然在背上放聲大哭。這時母親會一邊念念有詞地祈禱，一邊搖晃身子安撫孩子。有時孩子會乖乖停止哭泣，也有時孩子會哭得更厲害。總之不管怎樣，母親都不肯輕易起身。

替丈夫祈求平安後，她會解開細帶，像要扯下背上的孩子似地，把孩子從背後移到胸前，再雙手抱著孩子走上正殿，「寶寶乖，稍微等一下喔。」她會拿自己的臉頰摩娑孩子的小臉。然後把細帶展開，一端綁在孩子身上，另一端纏繞在正殿的欄杆上。接著她會走下階梯沿著那三、四十公尺的石板路往返一百次許願。

黑暗中，被綁在正殿的孩子，在細帶長度所及的範圍內，趴在簷廊上爬來爬去。這種時候對母親而言，是非常輕鬆的夜晚。但是綁著的孩子如果嚎啕大哭，母親會心神不寧，來回走一百次許願的速度會變得非常快，弄得自己氣喘吁吁。實在沒辦法時，只好中途走上正殿，百般哄勸孩子，然後重新往返一百次石板路。

令母親如此這般在無數個夜晚憂心如焚，夜成不眠的父親，其實早已因流浪武士的身分被殺。

這麼悲慘的故事，我是在夢中聽母親敘述的。

第十夜

阿健來通知，庄太郎被女人拐走直到第七天晚上才忽然歸來，之後突然發燒病倒，臥床不起。

庄太郎是本地首屈一指的美男子，而且非常善良正直。他只有一個嗜好，就是戴著巴拿馬草帽，每逢傍晚就坐在水果店的門口，打量街上來往女人的臉孔，然後頻頻感嘆。除此之外沒有特別值得一提的特色。

如果沒什麼女人經過時，他就不看行人改看水果。水果有很多種，水蜜桃、蘋果、枇杷、香蕉全都漂亮地裝在籃子裡，排成二排隨時可以拎走送人。庄太郎會看著這些籃子讚嘆真漂亮。他說如果要做生意還是賣水果最好，可自己卻戴著巴拿馬草帽成天遊手好閒。

他也曾品評夏橘，說這個顏色生得真好。但是，他從不曾掏錢買水果。他當然不會白吃水果，他純粹只是在欣賞顏色。

某個傍晚，忽有一名女子站在店門口。女子衣著華麗看似身分高貴。庄太郎非常喜歡她那件衣服的色彩。而且庄太郎對女人的臉孔驚艷不已。於是他脫下心愛的巴拿馬草帽鄭重行禮致意，女人指著最大一籃水果說要買下，庄太郎立刻拿起那籃水果遞給她。女人稍微提了一下籃子，抱怨籃子太重了。

庄太郎本就是個閒人，而且是個非常豪爽的男人，於是他說，那我替您拎到府上吧。他和女人相偕走出水果店後，就此一去不回。

即便是向來逍遙的庄太郎，也未免去太久了。親戚朋友開始議論紛紛，說這事非同小可，不料就在第七天晚上，他忽然回來了。於是大家簇擁到他身邊，問他到底去哪裡了，庄太郎說他搭乘電車去山裡了。

那肯定是一趟漫長的電車之旅。按照庄太郎的說法，下了電車就立刻來到草原。是非常遼闊的草原，放眼望去只有綠草連天。和女人一起走在草地上，忽然來到峭壁的邊緣，這時女人叫庄太郎從那裡跳下去。他探頭朝底下一看，只見峭壁聳立卻深不見底。庄太郎脫下巴拿馬草帽再三推辭。於是女人問，如果你不肯心一橫跳下去，那你寧可被豬舔嗎？庄太郎生平最討厭豬和雲右衛門[10]，但是個人好惡終究比不上性命重要，他還是不肯跳。這時一隻豬哼哼唧唧地跑來。庄太郎無奈之下，只好拿起手裡那支檳榔樹枝做的細拐杖敲打豬的鼻頭。豬慘叫一聲，翻身向後一滾，掉落峭壁之下。庄太郎才剛鬆口氣，立刻又有一隻豬拿大鼻子磨蹭庄太郎。庄太郎不得不再次揮舞拐杖，豬慘叫一聲同樣倒栽蔥掉落斷崖底下。接著又有一隻出現。這時庄太郎驀然驚覺不對勁，朝遠方一看，只見遙遠的青青草原盡頭，幾萬隻多得數不清的豬成群結隊朝著站在這峭壁上的庄太郎哼哼唧唧。庄太郎衷心感到恐懼。但是別無他法，只好拿檳榔拐杖逐一敲打接近自己的豬隻鼻頭。不可思議的是，只要拐杖碰到豬鼻子，豬就會翻身掉落谷底。探頭一看，四腳朝天的豬排隊掉落深不見底的峭壁。想到自己把這麼多隻豬打落谷底，庄太郎自己都感到害怕。但豬還是前仆後繼不斷湧來，就像烏雲長了腳，以踏平青草的氣勢沒完沒了地跑過來

10 桃中軒雲右衛門（1873-1916），明治時代以三弦琴伴奏說唱故事的知名浪曲師。

哼哼叫。

庄太郎擠出吃奶的力氣拼命奮戰，敲打豬鼻七天六夜。然而，最後終於精疲力竭，手已像蒟蒻一樣軟綿綿，最後還是被豬舔到了。他就這麼倒在峭壁上。

阿健敘述庄太郎的故事到此結束，最後他感慨地說所以最好不要亂看女人。我也認為很有道理。但阿健曾說想要庄太郎的巴拿馬草帽。

庄太郎沒救了，巴拿馬草帽想必會歸阿健所有。

草枕

くさまくら

作　　者　夏目漱石
譯　　者　劉子倩
主　　編　林玟萱

總 編 輯　李映慧
執 行 長　陳旭華（ymal@ms14.hinet.net）

社　　長　郭重興
發行人兼出版總監　曾大福
出　　版　大牌出版 / 遠足文化事業股份有限公司
發　　行　遠足文化事業股份有限公司
地　　址　23141 新北市新店區民權路 108-2 號 9 樓
電　　話　+886- 2- 2218-1417
傳　　真　+886- 2- 8667-1851

印務經理　黃禮賢
封面設計　許晉維
印　　製　成陽印刷股份有限公司
法律顧問　華洋法律事務所　蘇文生律師

定　　價　360 元
初　　版　2016 年 11 月
二　　版　2020 年 11 月

國家圖書館出版品預行編目資料

草枕 / 夏目漱石 著 ; 劉子倩 譯 . -- 二版 . -- 新北市 : 大牌出版 ; 遠足文化發行 , 2020.11
面；　公分
譯自：くさまくら
ISBN 978-986-5511-42-5 (平裝)

861.57　　109013899